정령의 펜던트

발렌 판타지 장편소설

ORIGINAL FANTASY STORY & ADVENTURE

dream
books
드림북스

정령의 펜던트 22 물의 정령왕, 이노센트

초판 1쇄 인쇄 2022년 7월 7일
초판 1쇄 발행 2022년 7월 28일

지은이 발렌
발행인 오영배
편집 편집부
일러스트 보살
표지 · 본문 디자인 오정인
제작 조하늬

펴낸곳 (주)삼양출판사 · 드림북스
주소 서울시 강북구 도봉로 173
대표 전화 02-980-2112 **팩스** 02-983-0660
편집부 전화 02-987-9393 **팩스** 02-980-2115
블로그 blog.naver.com/dreambookss
출판등록 1999년 3월 11일 제9-00046호

ⓒ 발렌, 2022

ISBN 979-11-283-7156-1 (04810) / 979-11-283-9513-0 (세트)

+ (주)삼양출판사 · 드림북스의 서면 허락 없이는 어떠한 형태나 수단으로도 이 책의 내용을 이용하지 못합니다.
+ 지은이와 협의하에 인지는 생략합니다. 잘못된 책은 구입한 곳에서 바꾸어 드립니다.
+ 이 도서의 국립중앙도서관 출판시도서목록(CIP)은 서지정보유통지원시스템홈페이지(http://seoji.nl.go.kr)와 국가자료종합목록 구축시스템(http://kolis-net.nl.go.kr)에서 이용하실 수 있습니다.

드림북스는 (주)삼양출판사의 판타지 · 무협 문학 브랜드입니다.

22
발렌 판타지 장편소설
ORIGINAL FANTASY STORY & ADVENTURE
◆ 물의 정령왕, 이노센트 ◆
정령의 펜던트
dream books
드림북스

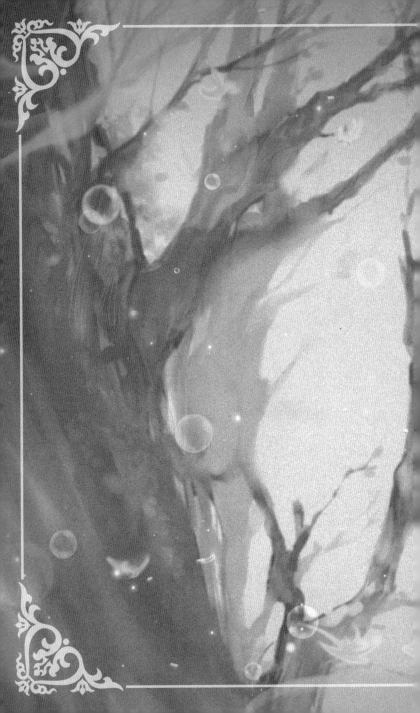

목차

---◆---

---◆---

Chapter 1.
어머니의 선물

1.

바율은 아몬의 찝찝한 예언에 대해 생각하는 일을 잠시 뒤로 미뤘다. 어머니와 함께할 수 있는 시간이 이제 겨우 하루밖에 남지 않았기 때문이다.

중간중간 잡생각이 끼어드는 것은 어쩔 수 없었지만, 업무조차 관리소장인 마샬에게 전부 맡길 정도로 바율은 지금의 순간에 집중했다.

물론 그 자리엔 아버지인 란데르트 공작도 늘 함께였다. 단란한 세 가족은 바일의 세계수 아래에서 식사도 하고 차도 마시며 많은 이야기를 주고받았다.

개중 대부분은 바일에 관한 이야기였다. 이베트는 내내

미소 띤 얼굴로 그가 정령계에서 어떻게 지내고, 무얼 하며 생활하는지 등을 말해 주었다.

그러던 어느 순간, 바율은 조심스럽게 물었다.

"…그런데, 형은 이제 더 이상 자라지 않는 건가요?"

"바일이 자라지 않는다니…… 그게 무슨 뜻이지?"

란데르트 공작으로서는 처음 듣는 소리였다. 그에 그가 미간을 좁히자 바율이 나지막한 음성으로 설명했다.

"세계수의 공간에서 본 바일은 사고가 있던 당시의 모습, 그러니까 열네 살에서 멈춰 있었습니다. 늘 저보다 강인하고 똑똑하던 형인데…… 이제는 왠지 제가 형이 된 것 같고…… 그래서 지켜 줘야 할 것 같고…… 아무튼 기분이 이상했어요."

바일이 살아 있다는 것만으로도 바율은 더없이 기쁘고 행복했다. 하지만 작은 몸으로 저를 껴안던 형이 떠오를 때면 이따금 마음 한편이 무거워지곤 했다.

그건 죄책감과는 다른 느낌이었다. 오히려 동정심, 혹은 보호 본능 쪽에 가까웠다. 다만 바일을 상대로는 한 번도 느껴 본 적 없는 감정이기에 혼란스럽다고 해야 할까.

함께일 땐 항상 보호받는 쪽은 자신이었거늘, 마치 역할이 뒤바뀐 것 같아 낯설었다.

"바율."

"네, 어머니."

"바일은 성장이 멈춘 것이 아니란다. 지금도 무섭게 자라나고 있으니까."

"…형이 자라고 있다고요?"

"세계수가 곧 바일이라던 말, 설마 벌써 잊은 거니?"

"아니요. 잊지 않았습니다!"

바율은 그게 꼭 바일을 잊은 거냐고 묻는 것 같아서 저도 모르게 크게 외쳤다.

"그래. 네 덕분에 세계수가 다시 생겨났고, 그 영향으로 정령계도 한층 나아졌단다. 폐허나 다름없던 공간에 생기가 피어났지."

이베트는 바일을 데려오기 전까지 그곳에서 홀로 외로움과 사투를 벌어야 했다는 말은 굳이 하지 않았다. 과거는 어차피 돌이킬 수 없기 때문이다. 그녀는 이미 현재의 소중함에 충분히 감사하고 있었다.

"세계수는 앞으로도 계속 뻗어 나갈 것이다. 그럴수록 바일도 더욱 강해지겠지."

이베트는 따뜻한 눈빛으로 아들을 지그시 응시했다.

"바율, 육체적인 변화만이 꼭 성장을 뜻하는 건 아니란다. 네 형, 바일도 너와 같이 자라고 있으니 걱정하지 말렴."

세계수는 모든 생명의 근원이었다. 정령계의 멸망으로 사라졌던 그것이 복원되었으니, 남은 건 그러한 세계수를 발판 삼아 정령계가 다시금 회생하는 일뿐이었다.

이베트는 이제야 비로소 자신이 이곳에 온 진짜 이유를 알 것 같았다.

정령계를 복원해야 할 임무를 받고 인간계로 피신해 온 그녀는 기억을 잃은 채 사랑하는 이를 만나 결혼을 하고 쌍둥이를 낳았다.

그리고 많은 우여곡절 끝에 현재는 그 두 아이가 그녀를 대신해서 정령계를 되살리는 중이었다.

흡사 약속이라도 한 듯 각각 인간계와 정령계에서 저마다의 역할을 다하고 있었다.

이 모든 과정이 과연 우연이란 말인가.

두 아들에게 너무 큰 짐을 지워 준 것 같아 미안하면서도, 이베트는 문득 이 모든 게 이 세계의 미래를 위한 안배가 아니었을까 하는 생각이 들었다.

"네, 어머니. 걱정하게 않을게요."

이베트가 어떤 마음으로 자신을 보고 있는지 전혀 알지 못한 채, 바율은 밝게 웃으며 고개를 끄덕였다.

역시 어머니께 물어보길 잘했다.

형은 자신과 함께 성장하고 있다.

이베트의 말은 바율에게 엄청난 위안으로 작용했다.

"바율, 밑에서 난리 났는데?"

그때, 세계수 나뭇가지에 거의 눕다시피 한 자세로 있던 템페스타가 휘릭 바율 곁으로 날아왔다.

"클라라가 목걸이 갖고 오래. 어린애가 성깔이 보통이 아니야."

바람의 정령인 템페스타는 소리에 민감했다. 어머니와의 대화에 집중하고 있던 바율도 감각을 끌어 올리자 그제야 아래층의 소란이 느껴졌다.

며칠 잠잠하다 했더니, 클라라가 제 물건을 가져오라며 울고불고 떼를 쓰고 있었다.

"목걸이라면 세계의 문을 말하는 거겠구나."

"네, 아직 돌려주지 못했거든요."

바율은 주머니에서 열쇠 모양의 목걸이를 꺼내 보였다. 행여 통로가 막히기라도 할까 싶어 펜던트에 대롱대롱 매단 채 이러지도 저러지도 못하자, 마황이 이미 열린 문은 때가 되면 알아서 닫힐 거라면서 빼도 된다고 알려 주었다.

이후로는 주머니에 쭉 넣고 있었다.

"일곱 살 아이에게 이걸 어떻게 달라고 해야 할지 모르겠어요. 태고의 신물이 뭔지도 모르는 아이인데."

근래 바율의 가장 큰 근심거리였다.

"내가 레오네트 백작님께 말씀드려 보마."

시무룩한 표정의 아들이 안되어 보였는지, 공작이 그답지 않은 발언을 했다. 그러자 이베트가 바로 남편을 나무랐다.

"바세리스, 그건 아니죠. 목걸이는 레오네트 백작님이 아니라 클라라 거잖아요. 그럼 주인인 그 아이에게 직접 부탁해야죠."

"…그야 그렇지."

란데르트 공작이라고 그런 기본적인 것을 어찌 모르겠는가. 하나 들리는 바로는 워낙 고집불통이라 전혀 설득이 안 된다는 게 문제였다.

"그래서 말인데요. 내가 얘기해 보면 어떨까 싶은데."

"…어머니께서요?"

"응. 왠지 나와는 통할 것 같은 느낌이거든."

방긋 웃는 이베트의 모습은 진심으로 자신감에 차 있었다.

하긴, 생각해 보면 클라라는 어머니를 처음 보자마자 두 눈이 휘둥그레졌었다. 아름다운 것에 취약하다고 했으니 어느 정도 승산은 있었다.

"가 보자꾸나."

바율은 몰랐지만, 사실 이베트는 정령계로 돌아가기 전에 아들을 위해 무언가라도 하나 해 주고 싶은 마음이었다.

한데 막상 그럴 만한 거리가 없어 아쉬워하던 찰나, 적당한
게 나타난 것이다.

"제가 안내할게요!"

이베트가 자리에서 일어나자 템페스타가 바람을 일으키며
앞장섰다. 녀석은 여태껏 그 누구에게도 하지 않았던 존대를
어머니에게 하고 있었다. 처음엔 그런 태도가 어색하기 짝이
없었지만, 며칠 지나니 이젠 그것도 제법 익숙해졌다.

"클라라!"

옥상 문이 활짝 열리고, 템페스타가 클라라의 이름을 외
치며 빠르게 날아갔다.

2.

"클라라, 이건 어때? 이 팔찌도 다이아몬드로 만든 거거
든. 레드 다이아몬드라고 들어 봤지? 이거 엄청 희귀한 거
다?"

일라이는 제 팔목에 차고 있던 팔찌를 풀어 클라라의 눈
앞에 들이밀었다. 그가 참 많이 아끼는 액세서리였지만, 세
계의 문을 위해서라면 더한 것도 기꺼이 내줄 용의가 있었
다.

그러나 클라라는 콧방귀만 뀔 뿐이었다.

"레드 다이아몬드요? 그거 우리 집에 되게 많아요. 엄마가 보석을 수집하시거든요."

"…아, 맞아. 그랬지."

또랑또랑한 녀석의 대꾸에 잠시 잊고 있던 기억이 친구들의 머릿속을 잠식했다.

일전에 에이단을 구출하러 녀석의 본가에 갔을 때, 휘황찬란한 진열장을 목격했었다. 그걸 보고 놀라는 친구들에게 에이단은 말했었다.

그건 빙산의 일각일 뿐이라고.

위층으로 올라가면 더 화려한 것들이 산재해 있다고.

"아하하! 이 오빠가 너희 집이 제국에서 제일가는 부자라는 걸 깜박했네."

일라이는 민망함을 애써 숨기며 어색한 웃음을 남발했다.

"근데 이건 진짜로 귀한 거야. 용암 속에서만 나는 최상품이라고. 잘 봐 봐. 레드 다이아몬드 중에서도 이런 빛깔은 보지 못했을걸?"

일라이의 말은 사실이었다. 같은 보석이라도 등급의 차이가 존재한다. 개중 그가 가진 것은 상등품 중에서도 특상등품이라 할 수 있었다.

하지만 일라이가 간과한 점이 있었으니, 클라라는 이제 고작 일곱 살이란 사실이었다. 예쁜 게 가장 중요한 녀석의 눈에 그런 사소한 단계 따위가 신경 쓰일 리 만무했다.

게다가 결정적으로 클라라는 붉은색을 그리 선호하지 않았다.

"나는 빨간색 별로 안 좋아해요. 파란색 계열이 더 좋지. 내 머리카락이랑, 저기 인어 오빠처럼요."

"…그래?"

온통 붉은색으로 치장한 일라이에겐 꽤 충격적인 말이 아닐 수 없었다.

빨간 게 왜 싫어?

녀석은 분명 그렇게 따지고 싶은 얼굴을 하고 있었지만, 차마 일곱 살짜리 앞에서 그럴 수는 없어서 참는 듯했다.

"그리고 내 눈에는 그런 보석보다 오빠 눈이 더 예쁜 것 같아요."

"…네 취향은 참 이해할 수 없지만, 그래도 보는 눈은 있구나. 쪼그만 게 날 아주 들었다 놓네."

풀었던 팔찌를 다시 장착하며 일라이는 물러섰다. 다음 차례는 라나사였다.

"클라라, 목걸이 대신 다른 것 갖고 싶은 거 있니? 언니가 뭐든 사 줄게. 비싸도 상관없어."

"뭐든지 다요?"

"응!"

친구들 중 현재 개인이 보유한 자산의 양이 가장 많은 이가 바로 라나사였다. 그녀는 클라라를 설득할 수만 있다면 기꺼이 거금을 내놓을 각오가 되어 있었다.

"그럼 언니, 어제 본 검 줄 수 있어요?"

"…검?"

"네. 손잡이에 날개 모양으로 보석이 박혀 있던 검이요. 그거라면 한번 생각해 볼 수 있는데."

라나사는 물론이고 친구들은 잠시 말을 잃었다. 녀석이 말하는 건 라나사가 라예가르에게서 받은 또 다른 태고의 신물, 천사의 날개였다.

어제 그녀와 로건, 라피트, 에이단이 모여서 잠시 검술 수련을 했었는데, 그사이에 본 모양이었다.

"클라라. 네가 진짜 보는 눈이 있구나."

라나사는 어이가 없는 나머지 일라이가 했던 말을 고대로 되풀이했다. 태고의 신물을 내어 주는 대신 또 다른 태고의 신물을 요구하다니. 정녕 협상의 귀재가 아닐 수 없었다.

"과연 레오네트 가문의 혈육답군."

누군가의 중얼거림에 친구들은 나란히 고개를 주억거렸다.

소파에 다리를 꼬고 앉아 팔짱을 낀 채 도도히 턱을 치켜 든 클라라의 모습은 결코 오늘의 거래가 순탄하지 않을 것임을 암시했다.

"검 대신에 활은 어떠니? 마침 클라라, 네게 딱 어울릴 만한 예쁜 게 나한테 있거든."

"정령 인형은 어때? 사대 정령 모양으로 완전 다양하게 다 있는데."

"인어국에서만 나는 진주로 엮은 목걸이도 줄 수 있어. 감히 어디에서도 구할 수 없을 거라 장담하지."

"아니면 땅을 줄까? 그 땅에 집도 지어서?"

클라라는 어떤 감언이설로도 꿈쩍하지 않았다.

급기야 막판에 친구들이 말도 안 되는 제안까지 늘어놓자 지칠 대로 지친 녀석이 울기 시작했다.

아마 제 딴에는 어리둥절하면서도 짜증이 잔뜩 났을 것이다. 태어나면서부터 목에 건 채 자라 왔기에 세계의 문에 대한 클라라의 애정은 상상 이상이었다.

"파란색을 제일 좋아한다니 나랑 같구나."

바율이 어머니와 아버지를 대동한 채 펜트하우스에 들어선 것은 그때였다.

"그럼 이건 어떨까?"

이베트가 환하게 웃으며 클라라에게로 다가갔다.

"너와 나처럼 이 아이도 파랗거든."

그녀의 가느다란 손가락에 별안간 작은 물방울이 맺혔다. 그것은 점점 커졌고, 이내 어떤 형상을 띠었다.

"…나비?"

물빛을 머금은 나비였다. 쏟아지는 햇빛 아래 완연한 존재감을 드러내며 푸른색 나비 한 마리가 날아올랐다. 그것이 지나간 자리마다 빛이 반짝거리며 투명한 물의 궤적이 생겼다 사라졌다.

친구들은 당연하고, 울다 못해 통곡하던 클라라도 어느새 눈물을 뚝 멈추고 홀린 듯 그 움직임을 좇고 있었다.

나비가 클라라의 작은 손 위에 내려앉았을 때, 친구들은 하나같이 주먹을 그러쥐었다.

녀석의 몽롱한 표정으로 보건대 이미 온 마음을 뺏긴 게 분명했다. 세계의 문과 충분히 바꾸고도 남을 만한 얼굴이었다.

"어떠니, 라라? 이제 좀 마음이 풀렸니?"

이베트는 몸을 숙여 아이와 시선을 맞췄다. 그 다정한 물음에 넋을 놓고 있던 클라라의 초점이 서서히 돌아왔다. 그런 녀석의 손등에는 여전히 푸른색 나비가 물방울을 흩날리며 날개를 펄럭이고 있었다.

"…이게 뭐예요?"

클라라는 행여 나비가 날아가기라도 할까 봐 걱정이 되는 듯 옴짝달싹도 하지 못한 채 눈동자만 굴리며 간신히 물었다.

"글쎄. 뭐라고 부르면 좋을까?"

"이름이 없어요?"

"응, 지금 막 태어났거든. 조금 전에 너도 봤지?"

"네."

무심결에 고개를 끄덕이던 클라라는 이내 깜짝 놀라며 몸을 굳혔다. 녀석이 움직이자마자 나비가 날아올랐기 때문이다.

하지만 다행히 그것은 금방 다시 클라라의 손등에 내려앉았다.

"아무래도 이름을 지어 주면 좋아할 것 같은데, 할 수 있겠니?"

안심하는 기색이 역력한 클라라에게 이베트가 제안했다. 그러자 안 그래도 큰 녀석의 눈이 더욱 커졌다.

"제가요?"

"아줌마가 네게 주는 선물이거든. 혹시 싫으니?"

"아니요! 안 싫어요!"

클라라는 일 초도 망설이지 않고 소리쳤다. 나비라면 그간 숱하게 봐 왔지만, 이렇게 신비롭게 생긴 건 처음이었다. 꿈이라면 깨고 싶지 않을 만큼 녀석은 눈앞의 푸른색 나비가 마음에 쏙 들었다.

"마음에 든다니 다행이구나. 이 나비는 앞으로 쭉 라라, 네 곁에 있을 거란다. 혹시 손을 씻고 싶다거나 목이 마르면 부탁해 보렴. 네 청이라면 언제든 기꺼이 들어줄 테니까."

"정말요? 나비가 그런 것도 할 수 있어요?"

"그럼, 할 수 있고말고. 이건 평범한 나비가 아니거든. 어느 날은 비가 올 거라는 것도 미리 알려 줄 거란다."

"와아, 신기해요!"

"아직은 그 정도가 다겠지만, 나중엔 분명 더 큰 도움을 라라에게 줄 수 있을 거야. 한데 그러려면 네 목걸이가 필요한데, 혹시 빌려줄 수 있겠니?"

드디어 본론으로 들어갔다. 바율과 친구들은 저도 모르게 꿀꺽 침을 삼켰다. 일단 여기까지는 완전히 넘어온 것처럼 보이긴 하나, 클라라는 예측 불가능한 녀석이었기 때문이다.

하지만 요행히 이번에는 예상이 적중했다.

"네! 정령사 오빠한테 줄게요! 그럼 되죠?"

열렬하게 대답하는 클라라의 얼굴에선 조금의 미련도 발견할 수 없었다. 푸른색 나비의 확실한 승리였다.

"그래. 고맙구나. 착한 아이네."

이베트는 미소를 머금은 채 사랑스럽다는 듯 클라라의 머릿결을 쓰다듬었다.

하늘색 머리칼에 그보다 진한 파란색 눈을 가진 꼬마 숙녀, 클라라에게 푸른색 나비는 더없이 잘 어울렸다.

"이름은 클라라 주니어라고 지어야겠어요!"

녀석이 돌연 결심한 양 목청을 높였다.

"…클라라 주니어?"

"라라, 그 이름은 좀…….."

신비한 나비에게 조금은, 아니 매우 이상한 이름이 아닐 수 없었다. 그에 친구들은 물론 에이단까지 난처한 기색을 숨기지 않았지만, 클라라는 단호했다.

"제 친구 중에 이마르 주니어라고 있거든요. 걔가 맨날 자기 이름이 아빠랑 똑같다고 자랑을 해서 솔직히 부러웠어요. 근데 저는 이미 이름이 있으니까 바꿀 순 없잖아요. 대신 이 나비를 클라라 주니어라고 부르면, 이마르도 이제 더는 자랑 못 할 거예요!"

"라라, 아무리 부러워도 그렇지, 그런 식으로 지으면 어떡해. 좀 더 예쁜 이름이 낫지 않겠어?"

"작은 오빠는 클라라가 안 예뻐?"

"어?"

"클라라 주니어를 봐. 나를 꼭 닮았잖아."

인간과 나비를 두고 닮았다느니 어쩌느니 하는 것 자체가 말이 안 되었지만, 느낌은 분명 비슷하긴 했다.

"앞으로 어딜 가든 데리고 다녀야지. 클라라!"

클라라가 제 이름을 아주 천연덕스럽게 불렀다. 그러자 마치 그에 화답이라도 하듯 나비가 파르르 날아오르더니, 녀석의 주변을 한 바퀴 빙 돌았다.

그 움직임에 따라 투명한 물방울이 이슬비처럼 클라라의 몸으로 점점이 떨어졌다. 아주 소량이었기에 축축한 느낌은 전혀 들지 않았다. 오히려 클라라는 기분이 더할 나위 없이 상쾌해졌다.

"꺄아! 클라라!"

눈물로 범벅이던 모습은 어디 가고 녀석이 까르르 웃으며 실내를 뛰어다녔다. 클라라가 지나는 곳마다 동글동글한 물방울이 줄지어 생겨났다. 클라라 주니어에게서 흘러나오는 것이었다.

"에이단, 혹시 네 동생한테 말 안 했냐?"

"뭘?"

"울다가 웃으면 어떻게 되는지에 대해서 말이야."

일라이가 하도 심각하게 물은 탓에 에이단은 잠시 이해를 하지 못한 눈치였다. 그러던 녀석의 표정이 삽시간에 험상궂게 변했다.

"야, 너……!"

"진정하렴, 친구야. 우리만 있는 게 아니잖아."

에이단은 제 동생을 두고 놀려 대는 일라이의 멱살을 당장이라도 붙들고 싶었으나, 녀석의 이성이 이곳에 란데르트 공작과 공작 부인이 함께 있음을 자각하게끔 했다.

에이단이 면구스러운 듯 헛기침을 내뱉으며 부부를 향해 묵례했다.

"그런데 어머니, 저 나비는 뭔가요?"

그런 친구의 민망함을 덜어 주고자 바율이 나섰다. 실제로 나비의 정체가 몹시 궁금하기도 했다. 그건 친구들도 마찬가지였다.

"혹시 물의 정령인가요?"

"정령이라면, 하급 정령이에요?"

"그럼 클라라도 정령사가 된 건가요?"

물처럼 투명하게 반짝이고 있으니 당연히 다들 그리 추측했다. 그러나 이베트는 웃으며 고개를 가로저었다.

"아니. 클라라 주니어는 정령이 아니란다."

"클라라 주니어……."

이베트는 너무나 자연스럽게 그 이름을 호칭했지만, 바율과 친구들에게는 아무래도 시간이 더 필요할 것 같았다.

"음, 일종의 심부름꾼이라고 생각하면 편하겠구나."

"심부름꾼이요?"

"그래. 보통은 정령들 사이의 연락을 담당하고는 하지. 긴급할 땐 아주 요긴한 녀석들이란다."

물론 이베트와 같은 상급 정령이라고 다 쉬이 만들 수 있는 것은 아니었다. 나면서부터 능력이 출중했던 그녀는 전대 물의 정령왕이 콕 짚어 정령계의 복원이란 임무를 맡길 만큼 재능이 뛰어났다.

"그리고 정령을 창조하는 것은 오롯이 정령왕들의 몫이지."

어느새 사대 정령 모두가 실내에 들어와 있었다. 개중에서도 특히 이노센트는 클라라 주니어를 무척 흥미로운 눈길로 지켜보고 있었다. 아마 이베트가 없었더라면 당장에 달려들어 치근거렸으리라.

녀석들은 어머니 곁에서 매우 편안해 보이면서도, 예의 또한 잃지 않았다.

"이 아이들에게서 어떤 새로운 정령들이 태어날지 기대가 되는구나."

하나 그러기 위해선 정령왕이 되는 것이 먼저였다. 천계와의 전쟁이 시작되기 전에 사대 정령 모두가 정령왕이 될 수만 있다면 바랄 게 없겠노라고 다들 생각했다.

"에프론이랑 세드릭한테도 클라라 주니어 보여 줘야지!

라라, 가자!"

세계의 문을 얻고자 클라라만 따로 데려온 참이었다. 녀석이 뒤늦게 제 친구들에게 자랑할 마음이 들었는지 문을 향해 달려나갔다.

"라라, 그러다 다쳐!"

"아주 라라의 향연이구먼."

뒤따라 뛰어가는 에이단을 보며 일라이는 결국 혀를 차고 말았다.

클라라 주니어라니, 아무리 생각해도 이상한 이름이었다.

3.

어머니 덕분에 세계의 문을 무사히 획득하고 즐거운 저녁 식사까지 마쳤다.

그리고, 마침내 돌아가셔야 할 시간이 되었다.

바율은 괜찮은 척 티 내지 않으려 무진 애를 썼으나, 아쉽고 서운한 감정을 완벽히 지울 수는 없었다. 정령계에 홀로 있을 바일을 위해서라도 어머니를 빨리 보내 드려야 한다는 걸 알면서, 한편으로는 처음 느껴 보는 아늑하고 포근한 기분을 잃고 싶지 않은 욕심이 생겼다.

그건 정령계를 빠르게 복원시켜야겠다는 각오를 다지게
도 하였다. 그래야 어머니도, 바일도 어떠한 제약 없이 마
음껏 볼 수 있을 테니까.

"이베트."

"바세리스."

어머니와의 작별은 세 가족과 정령들만이 함께하기로 했
다. 친구들과 다른 이들은 이미 레스토랑에서 인사를 마쳤
다.

마황은 그때 잠깐 소리를 차단하고 어머니께 뭔가를 물
었다. 그게 무슨 내용이었을지 궁금하지 않다면 거짓말이
겠지만, 크루델리스의 표정이 좋지 않아 아무도 그에 관련
해서는 입을 열지 않았다.

"바일을 잘 부탁해."

"저도요. 바율을 잘 돌봐 주세요."

부부는 말없이 서로를 한참 응시하다가, 자식들을 부탁
한다는 말로 인사를 대신했다.

애틋하긴 했으나 이전처럼 절절함은 찾아볼 수 없었다.
그건 곧 다시 만날 거란 확신에서 비롯된 자신감이었다.

헤어져 있는 동안 서로를 몹시 그리워하겠지만, 그들은
견딜 수 있었다. 사랑하는 이가 살아 있고, 다시금 볼 수 있

다는 믿음만으로도 부부는 충만함을 느꼈다.

"형에게…… 바일에게…… 사랑한다고 전해 주세요."

"이미 알고 있을 테지만, 알겠다. 그렇게 전해 줄게."

이베트는 울먹거리는 아들을 품에 안은 채 등을 토닥였다. 그녀 역시 바율을 두고 가는 게 가슴 아팠지만, 아들 앞에서 약한 모습을 보일 순 없었다. 행여 그런 자신의 태도가 바율에게 더한 슬픔으로 작용할 수도 있다는 걸 알기 때문이다.

"몸조심하려무나."

쏴아아아!

별안간 하늘에서 소나기가 퍼부었다. 그녀가 나타났던 바로 그 날처럼.

그리고 그때의 모습을 재현하기라도 하듯, 이베트가 날아올랐다. 점점 멀어져 가는 그녀를 향해 사대 정령이 깍듯이 예를 차리며 배웅했고, 공작과 바율은 입술을 앙다물었다. 힘주어 다물지 않으면 저도 모르게 가지 말라고 소리칠 것 같아서였다.

두 부자는 발바닥에 못이라도 박힌 듯 한동안 자리를 뜨지 못했다. 이미 해가 저물어 사위가 어둑했지만, 둘은 약속이라도 한 양 이베트가 사라진 방향을 멍하니 올려다보며 한참을 그렇게 서 있었다.

황도에서 미처 데려오지 못했던 맥 보좌관이 황제의 명을 받고 랑트에 도착한 것은 그즈음이었다. 홀로 남겨진 데 대해 한 번쯤 원망할 법도 하건만, 그는 그런 기색은커녕 다시 뵙게 되어 반갑다는 인사를 올리고는 서둘러 황명을 전했다.

　"이번에 란데르트 백작님께서 가실 곳은 자이아 탄광촌입니다. 폐하께서 더 이상 그곳을 방치할 수 없다고 여기셨는지, 속히 처리해 달라 명하셨습니다."

　어머니와의 좋은 시간이 끝나자마자 해야 할 일이 생기다니, 참으로 공교로운 타이밍이었다.

　"자이아 탄광이라면…… 백 년이 넘도록 불이 꺼지지 않는다는 거기 말인가요?"

　"네. 인력으로는 해결할 수 없어서 그간 내버려 두었지요. 하지만 그곳엔 아직도 많은 제국민들이 힘겹게 살아가고 있습니다."

　"저도 알고는 있습니다만, 걱정이네요. 아직 정령들은 상급에 불과한데, 제국 최대의 탄전이라는 그곳을 해결할 수 있을지……."

　바율이 말을 다 끝내기도 전이었다.

　"아니. 네가 갈 곳은 거기가 아니야."

　"그 전에 먼저 가야 할 데가 있어."

"…가야 할 데라니?"

바율은 갑작스러운 친구들의 말에 어리둥절했다. 그는 지금 다른 이도 아닌 황제의 명을 받는 중이었다. 그걸 다들 모르지 않을 터인데, 어째서 이토록 단호한 말투로 말하는 것인지 의아했다.

"인어국에 가야 해."

"…인어국?"

바율의 눈이 자연스레 퀸에게로 향했다.

"퀸, 인어국에 무슨 일이라도 생긴 거야?"

"일이야 항상 있지. 하지만 그런 것 때문이 아니야."

"그럼?"

"태고의 신물."

바율의 동공이 크게 흔들렸다. 태고의 신물이라면, 그가 현재 그 어떤 것보다 가장 간절하게 바라는 물건이었다.

"이사장님이 알려 주셨어. 태고의 신물 중 하나인 태양의 심장이 우리나라에 있다고."

"그게…… 정말이야?"

야유회가 끝나고, 라예가르는 할 일이 있다며 먼저 돌아갔다. 때문에 그에게 재차 물을 순 없었지만, 라예가르의 말이라면 따로 검증 따위를 하지 않아도 믿을 수 있었다.

만약 태양의 심장까지 얻는다면 열두 개의 신물 중 무려 열 개가 그의 손에 있는 것이었다. 천계가 언제 쳐들어올지 모르는 지금과 같은 상황에, 바율은 망설일 수 없었다.

황제의 명이 무엇이든 그는 인어국에 꼭 가야만 했다.

Chapter 2.
인어국으로

1.

"맥 보좌관님, 들으셨죠?"

바율은 길게 설명하지 않았지만, 맥 보좌관은 충분히 알아들었다. 그는 유능했고, 눈치 역시 빠른 편이었다.

"한데 폐하께는 무어라 말씀을 드려야 할까요? 태고의 신물에 대해선 지금껏 함구하라 하시어 보고하지 않았습니다."

어디 보고하지 않은 게 그뿐이겠는가.

바율 주변의 인외의 존재들이 바글바글한 것부터 그들이 곧 천계와 맞서 싸워야 한다는 사실 등 아직 밝히지 못한 게 수두룩하다.

"미룰 수 없을 만큼 중요한 개인적인 볼일이라고 전해 주십시오. 용무가 끝나는 대로 자이아 탄광으로 가겠다는 말씀도 함께요."

인어국에서 얼마나 있게 될지는 아직 알 수 없지만, 현재로서는 이러한 결정이 최선이었다.

"폐하께서 또 노하시면 어떡하지?"

"바율, 공작 전하께 상의라도 해야 하는 거 아니야?"

"아니. 지금은 그냥 두시는 게 좋을 것 같아."

아버지께선 어머니가 정령계로 돌아가시고 난 후 줄곧 홀로 방에 계신 상태였다. 별다른 말씀은 없으시지만, 아마도 감정 정리를 할 시간이 필요하실 것이다.

무려 수십 년 만의 상봉이었다. 아들인 저도 이토록 가슴이 미어지는데, 아버지라고 다르지 않을 터였다. 아니, 자신보다 더할 게 분명했다.

"이번 일로 폐하의 진노를 산다 해도 어쩔 수 없어. 지금은 태고의 신물을 얻는 것이 무엇보다 중요하니까."

"그건 그래. 천족이 나서기 전에 우리가 먼저 가져야지."

라나사는 벌써부터 의지를 불태우고 있었다.

"하지만 폐하의 명을 어기는 일이야. 그리 간단한 문제가 아니라고."

지난번처럼 바율이 재차 황도로 불려 갈 수도 있는 상황이었다. 그때는 여러모로 운이 좋아 잘 넘어갔지만, 일이 항상 그리 순조롭게 풀릴 거란 보장은 어디에도 없었다.

"로건, 그건 걱정 마."

잠시 뭔가를 생각하는 듯하던 퀸이 입을 연 것은 그때였다.

"내가 부탁했다고 하면 돼."

"…그게 뭔 생뚱맞은 소리냐?"

"설마 네 부탁이 황제의 명보다 우위에 선다고 말하려는 거냐?"

일라이와 에이단이 황당한 눈빛으로 퀸을 쳐다보았다. 로건과 라나사 역시 이해하지 못한 얼굴들이었다.

"예전에 내가 바율과 함께 해일을 막았던 일, 기억하지?"

"그야 당연하지. 그 일로 바율이 정령사란 게 세상에 알려졌잖아."

"맞아. 그래서 작위에, 특무 대신 직함까지 받았고."

"그때 너희 나라 황제가 내게도 상을 내렸어. 원하는 게 있다면 무엇이든 말하라고 했었지."

"그러고 보니 그때 너한테는 왜 아무런 상도 주지 않는 거냐고 내가 물어봤던 것 같은데! 근데 너, 그때 분명 아무것도 안 받았다고 하지 않냐?"

당시 에이단은 어떻게 그럴 수 있는 거냐며, 타국인이라서 차별하는 거냐는 등 아주 펄펄 날뛰었었다.

"그땐 받지 않았지. 필요한 게 없었거든."

"그러면 혹시 너……?"

일라이가 뭔가를 짐작한 듯 검지로 퀸을 가리켰다.

"응. 언젠가 필요한 것이 생기면 그때 말하겠다고 했어."

"…그러니까 그게 지금이라는 거구나?"

"아! 상 대신에 바율을 인어국으로 데려가겠다?"

"대박! 타이밍 죽이네! 야, 퀸! 설마 너한테도 예언가의 자질이 숨겨져 있었던 거냐? 어떻게 상황이 이렇게 딱 떨어져?"

퀸이 괜한 말을 할 성격이 아니라는 것을 잘 알면서도 처음 그가 부탁을 운운했을 땐 솔직히 다들 '이 자식이 미쳤나?' 하고 생각했었다.

그러나 역시 퀸이었다.

"선견지명이군."

"과연 인어국의 왕세자답다!"

감탄하는 친구들 사이에서 바율도 내심 놀란 눈으로 퀸을 바라보았다.

그간 까맣게 잊고 있었다. 그가 황제에게 저리 답변할 때, 그 자리에 자신도 같이 있었거늘.

후일에 퀸이 어떤 걸 원하려나 하고 단순히 궁금하게 여기고 지나갔던 일이 이렇게 제게 도움이 될 줄은 정녕 생각지도 못했다.

"고마워, 퀸. 덕분에 폐하의 눈치를 보지 않아도 되겠다."

"바율, 그건 내가 해야 할 소리야. 네가 인어국에 와 줄 날만을 내가 얼마나 손꼽아서 기다렸는데."

"알아. 하지만 아직 정령계를 복원하지 못했잖아. 그런 상황에 내가 가 봤자 인어국에 보탬이 되면 뭐 얼마나 되겠어."

인어국의 부흥은 여전히 먼 미래의 이야기였다. 정령계가 멸망하면서 함께 쇠락의 길로 들어선 퀸의 나라를 본래대로 되살리기 위해선 아직 해야 할 일이 많았다.

"인어국이 쇠약해진 건 꼭 정령계의 멸망 때문은 아니야."

"…응?"

어머니와의 시간을 보내느라 바율은 라예가르의 설명을 듣지 못했다.

퀸과 친구들은 물과 상극의 성질을 가진 태양의 심장으로 인해 인어국이 더욱 빠르게 몰락했다는 사실을 서둘러 말해 주었다. 더불어 인어국에서 전해 내려오는 전설에 대해서도.

"내가…… 전설의 주인공이라고?"

태양의 심장이 얽힌 비사도 비사지만, 그보다 전설 속에 나오는 인물이 자신이란 사실에 바율은 더 기함했다.

그런 건 아버지와 같은 분에게나 어울리는 단어라고 생각하던 그였기에, 민망하기가 이루 말할 수 없었다. 바율의 양쪽 귀가 붉게 익어 갔다.

"나도 처음엔 믿지 않았어. 말도 안 된다고 생각했지."

퀸은 고요하게 침전된 눈빛으로 바율을 직시했다.

"하지만 너와 지내면서 믿게 되었어. 전설이 사실이었구나. 그 전설에서 말하는 인간이 바로 바율 너였구나, 하고 말이야."

퀸의 입가에 어느덧 그림 같은 미소가 번졌다.

"학기 초반에는 아카데미에 입학한 걸 매일같이 후회했었는데, 이제는 아니야. 오히려 스스로를 칭찬해 주고 싶어. 일생을 살면서 내가 가장 잘한 일이 있다면 바로 널 만난 거거든."

기실 첫 시작은 썩 좋지 않았다. 그러나 돌이켜 보면 녀석과 룸메이트가 된 것도, 절친한 사이가 된 것도 전부 퀸에게는 너무나 다행한 일이었다.

"얘 또 고백 시간이냐?"

"전에는 내 사람이니 어쩌니 하더니만, 이젠 일생 타령
이네."

"아무튼, 바율만 엄청 끼고 돌지. 우웩!"

낯간지러운 말을 얼굴색 하나 변하지 않고 술술 늘어놓
는 퀸을 보며 에이단과 일라이가 나란히 웩웩거렸다.

그러거나 말거나 퀸은 계속 말했다.

"태양의 심장을 거두면 인어국은 훨씬 나아질 거야. 신
물이 누르고 있던 물의 기운이 다시 솟아날 테니까. 물론
그때 너와 이노센트가 힘을 보태 주면 효과는 더욱 크겠지.
바율, 괜찮다면 날 도와주겠어?"

"당연하지! 내가 할 수 있는 거라면 뭐든 할게!"

바율은 퀸이 왕세자로서 얼마나 많은 부담을 떠안고 있
는지 잘 알았다. 고귀한 신분으로 태어나고 자란 그가 인간
들의 멸시 섞인 눈빛을 받아 가면서까지 이 세계에서 버틴
이유는 오로지 제 나라의 안녕을 위해서였다.

퀸의 나라에 조금이라도 도움이 될 수 있다면 바율은 가
진 재산 전부를 내놓아도 아깝지 않았다. 심지어 그는 제
목숨을 살려 준 은인이질 않은가.

달라질 인어국의 미래가 바율은 벌써부터 궁금해지려고
했다.

"그럼 이렇게 해결된 건가?"

"출발은 언제로 하지?"

인어국으로 향하기 전 가장 큰 난제였던 것을 깔끔하게 처리했다. 로건과 라나사가 세이모어의 급한 성질을 여지없이 드러내며 재촉했다.

"빠르면 빠를수록 좋을 것 같아."

"오늘은 늦었으니, 내일 어때?"

"가는 길에 잠시 해밀턴에 들러도 상관없지?"

"해밀턴은 왜?"

라나사의 갑작스러운 요구에 친구들이 의아해하자 그녀가 돌연 방긋 웃음을 선보였다. 웬만해서는 볼 수 없는, 정말로 기분이 좋을 때만 나오는 미소였다.

아니나 다를까.

"새 갑옷이 나왔거든."

"갑옷?"

"으헉! 새 갑옷이라면 설마 그 오리하르콘으로 제작한 거 말하는 거야?"

라나사는 어깨를 으쓱이며 눈을 한 번 가볍게 감았다가 떴다. 긍정의 표시였다.

"와, 개부러워."

"그러게. 그건 진짜 부럽네."

기사학부생인 에이단과 로건은 마치 선망의 대상을 보듯 입을 헤 벌리고 있었다. 검을 잡는 이라면 누구나 그리될 수밖에 없을 터였다.

한데 라나사가 별안간 이상한 소리를 했다.

"부럽다는 말로는 부족한데."

"……?"

"고맙다고 해야지. 무려 오리하르콘으로 만든 갑옷인데."

"얘 뭐래. 고마워해야 할 건 너겠지. 그거 제련한다고 공작 전하께서 만월 기사단 수석 대장장이까지 내주셨잖아."

"물론 공작 전하께는 이미 감사하다고 말씀드렸지. 아버지도 내 편의를 봐주신 것에 대해 감사하다며 당분간은 사고도 안 치시고 얌전히 지내시겠다고 공작 전하께 약속하셨어."

"그건 다행이시네. 아공간을 너무 아무 때나 막 여시더라."

언더테이커인 아이작의 아공간에는 무수한 언데드들이 자리하고 있었다. 그걸 알아주는 팔불출인 그가 딸에게 구경시켜 주겠답시고 시도 때도 없이 열어젖혔다. 그 바람에 해밀턴이 몇 번이나 시끄러웠던 전적이 있었다.

"아무 때나 막이라니? 그게 다 날 공부시키기 위해서 그러신 거였거든?"

제 아버지를 힐난했다고 여겼는지 잠시 라나사의 눈초리가 뾰족해졌다.

　"그런 식으로 말하는 거 보니, 받기 싫은가 보네?"

　"조금 전부터 자꾸 뭔 소리야. 알아듣게 좀 말해."

　"갑옷 말이야. 이래 봬도 내가 받은 광물의 양이 꽤 돼서."

　"광물? 방금 말했던 오리하르콘?"

　"어."

　라나사의 여상한 대꾸에 에이단의 동공이 크게 벌어졌다. 그러던 녀석이 별안간 벌떡 일어나며 소리쳤다.

　"야, 너! 설마 갑옷 우리 것까지 만든 거야?"

　끄덕끄덕.

　"헐!"

　"라나사…… 진짜야?"

　로건 역시 놀라다 못해 약간 얼이 나간 표정이었다.

　오리하르콘이 어떤 광물인가. 극상의 강도를 가진 그것으로 갑옷을 만들어 장착하면 웬만한 창검으로는 뚫을 엄두조차 낼 수 없었다.

　제련하기도 어렵지만, 구하기는 더 어려운 광물이기에 오리하르콘으로 제작된 갑옷은 거의 존재하지도 않았다.

　한데 라나사는 지금 그런 보물을, 사전에 어떤 말도 없이 세 개나 만들어 버린 것이다.

"공짜 아니야."

에이단이 거저 주는 건 질색하는 걸 아는 탓에 라나사는 미리 고지했다.

"그런 건 그냥 좀 나눠 줘도 될 것 같은데……."

에이단을 보며 일라이가 중얼거렸지만, 라나사는 미처 듣지 못하고 제안했다.

"광물 값에 제련 비용까지 전부 청구할 거야. 기한은 10년. 그 안에 갚아. 물론 이자까지 쳐서."

"라나사, 나도?"

"당연하지. 그래도 넌 사촌 동생이니까 조금 할인해 줄게."

라나사는 단호했다. 그에 로건은 아주 잠깐 서운한 기분이 들었지만, 이내 고개를 세게 가로저었다.

무려 오리하르콘으로 만들어진 갑옷이었다. 당장 그런 귀한 걸 얻게 된 마당에, 엎드려 절을 해도 모자랄 판이었다.

"라나사, 네 의리 완전 끝내준다! 내가 진짜, 충성을 맹세할게!"

빚쟁이가 될 수 없다며 매번 난리를 치던 에이단도 이번 만은 감격에 벅차 연신 고맙다는 말만 내뱉었다.

"역시 통이 커. 돈 쓰는 스케일이 달라."

"이것이 가진 자의 여유인가."

퀸과 일라이는 라나사를 향해 엄지를 세웠고, 바욜은 그런 친구들을 보며 저도 모르게 빙그레 웃음을 지었다.

천계와의 전쟁을 앞두고 이따금 걱정이 피어오르곤 했는데, 이런 순간이 올 때면 매번 용기를 얻게 되었다. 녀석들과 함께라면 어떠한 시련도 이겨 낼 수 있을 것만 같았다.

2.

바욜은 아침 일찍 일어나자마자 아버지께 인어국으로 가야 하는 사정에 대해 말씀드렸다. 태고의 신물이 그곳에 있다는 말에 공작은 한 치의 망설임도 없이 그러라고 하였고, 자신 또한 남은 신물의 행방에 대해 알아보겠노라 약속했다.

어머니와의 재회가 생각보다 큰 영향을 미친 듯, 아버지의 얼굴은 하루 사이에 많이 달라져 있었다. 여전히 자상한 눈빛으로 저를 보고 계시지만, 언뜻언뜻 느껴지는 날카로운 기세는 마치 잘 벼린 칼날을 마주하는 기분이 들게끔 했다.

어머니와의 만남에 방해가 되는 것이라면 무엇이든, 설사 그것이 신이라 할지라도 모조리 지워 버리겠다는 비장한 각오마저 엿보였다.

"조심히 갔다 오거라."

"네, 아버지."

"도련님, 금방 돌아오실 거죠?"

"응, 리타. 걱정하지 마."

바율이 인어국에 간다는 소식에 리타는 안절부절 어찌할 바를 몰랐다. 워낙에 알려진 것이 없는 곳이다 보니 행여 불상사라도 생길까 염려가 되는 모양이었다.

인어국의 왕자인 퀸이 버젓이 있음에도 녀석의 안경 너머 큰 눈망울은 좀처럼 떨림을 멈추지 못했다.

"돌아올 때 선물 사 올게. 그동안 랑트에서 잘 쉬고 있어."

"네…… 저도 도련님을 위해서 기도할게요."

리타도 마음 같아선 쫓아가고 싶었지만, 저 같은 건 짐이 될 게 뻔하기에 차마 말도 꺼내지 못했다.

"그럼 다녀오겠습니다."

"제가 곁에서 잘 모실 테니 너무 염려 마십시오."

란데르트 공작에게 인사하며 이언이 믿음직스럽게 말했다. 그러자 갑자기 리타의 시선이 그 옆의 데스에게로 향했다.

"데스 씨는 왜 아무 말이 없어요?"

"…내가 뭘?"

"이언 경처럼 도련님을 성심껏 보필하겠다, 이런 말 안 하세요?"

"내가 그런 말까지 해야 하나?"

"뭐라고요?"

리타가 어이가 없어 눈만 슴벅거리자 데스가 기회다 싶었는지 대뜸 물었다.

"그러면 뭐 해 줄 건데? 삼시 세끼 고기반찬 먹을 수 있는 건가?"

"지금 그걸 말이라고……."

바율의 이번 인어국 행에 호위 기사로 따라가는 건 이언과 데스 뿐이었다. 마황은 오랜만에 본업(?)에 충실하고자 마계에 가고 없었다.

금번 역모 사건에서 데스의 능력을 실감했던 리타는 내심 그에게 기대하는 바가 컸다. 이언 경이 있음에도 그가 도련님과 함께 간다는 사실에 왜인지 엄청난 안도감이 들었다.

그런데 아침부터 입이 댓 발이 나와 있질 않나, 불량하게 서 있질 않나. 그의 태도가 여러모로 그녀의 신경을 건드린 것이다.

데스 딴에는 인어국에 가 있는 동안 리타의 음식을 먹지 못하는 것에 대한 불만의 표출이었지만, 정작 리타에게는 그저 예의 없는 모습으로 비칠 뿐이었다.

'아무리 대단한 사람이면 뭐 해. 도련님께 저리 함부로 구는데.'

데스뿐 아니라 그의 형제들은 전부 걸신이 붙은 게 틀림 없었다. 이런 상황에서도 고기를 찾아 대는 그의 식탐에 리타는 헛웃음이 튀어나올 뻔했다.

하지만 이제 곧 도련님께서 떠날 시간이었다. 도련님이 안전할 수만 있다면 삼시 세끼가 문제겠는가. 간식까지 고기로 대령할 수 있었다.

"알겠어요. 그 정도야 뭐, 얼마든지 해 드리죠."

"진짜지?"

한쪽 다리만 비딱하게 선 채 여유로운 척 굴었지만, 데스의 속은 꽤 초조하던 참이다. 행여 리타가 '고기는 무슨! 그냥 빵으로 때우세요!' 하고 결론을 지을 수도 있었기 때문이다.

한데 웬걸.

얼마든지 해 주겠단다.

긴 앞머리에 가려진 데스의 까만 눈동자에서 붉은 기운이 넘실거렸다. 기분이 좋아지자 그도 모르게 마력이 방출

된 것이다.

잔소리가 심하긴 하지만, 그래도 리타가 약속은 꼭 지키는 아이라는 걸 데스는 알고 있었다.

"나만 믿어. 내가 옆에 딱 붙어 있을 테니까!"

누구라도 바율을 건드리는 놈이 있다면 그 자리에서 아작을 내고 말겠다며 데스는 다짐하고 또 다짐했다.

"그럼 출발할까요?"

리타의 음식에 대한 데스의 애정을 어느 누가 말릴 수 있겠는가. 에이단은 고개를 저으며 모자 속에서 잉그리드를 꺼냈다.

"미우!"

녀석의 몸집이 커지는 광경도 이제 친구들에겐 익숙했다. 에이단을 선두로 바율과 친구들, 그리고 이언과 데스까지 잉그리드의 등에 차례대로 올라탔다.

"맥 보좌관님, 그럼 부탁드리겠습니다."

인어국 방문은 엄연히 바율의 개인적인 볼일이었다. 다행히 퀸 덕분에 쉽게 해결되긴 하겠지만, 그래도 보고는 올려야 했기에 맥 보좌관은 인어국행에 함께하지 못했다. 대신 그는 바율이 없는 동안 자이아 탄광에 대한 조사를 철저히 하며 기다리기로 했다.

"형님, 다녀오십시오."

바르와 아몬, 아고스가 떠나는 데스에게 반듯하게 허리를 숙이며 인사했다. 그런 그들의 입꼬리는 하나같이 비스듬하게 말려 올라가 있었다. 마황에 이어 데스까지 없으니 이젠 저들의 세상이라는 듯이.

"가자, 잉그리드."

에이단이 잉그리드의 깃털을 쓰다듬으며 신호하자 녀석이 힘찬 날갯짓을 시작했다. 이어 엄청난 바람과 함께 거대한 몸체가 지상을 박차며 솟구쳤다.

일대가 뿌연 흙먼지로 난리가 났지만, 누구 하나 피하지 않았다. 공작은 물론이고 리타와 마족 등 배웅 나온 모든 이들은 일행이 점이 되어 사라질 때까지 망연히 하늘을 올려다보았다.

기분 탓이었을까.

먹구름이 잔뜩 낀 흐린 곳을 향해 날아가는 모습이 꼭 전쟁터로 출정하는 것만 같았다.

Chapter 3.
로꽉스

1.

바율과 친구들은 어제 얘기했던 대로 해밀턴에 잠시 들러 갑옷부터 챙겼다. 천족이 언제 어디서 나타날지 모르니 단단히 대비를 해 두는 게 좋을 거란 판단에서였다.

아이작과 클로에게도 간단히 인사한 후, 갑옷이 든 세 개의 나무 상자를 추가로 짊어진 잉그리드가 다시 날아올랐다. 녀석이 향하는 곳은 캐링스턴에 위치한 작은 항구였다.

인어국에 가기 위해선 먼저 거기에서 배를 타고 바다로 나가야 한다고 퀸이 말했었다.

"오셨습니까."

항구에 도착하자 퀸의 호위대가 그들을 맞았다. 며칠 전만 해도 랑트에 함께 있던 호위대는 사흘 전, 퀸이 조국행을 결정하자마자 미리 이곳으로 보냈다.

"준비는?"

"모두 마쳤습니다. 바로 출항하시면 됩니다."

배를 타고 바다로 나갈 시엔 채비해야 할 것들이 많았다. 더욱이 지금은 일행 중 다섯이 인간이었다. 각별히 신경 쓸 것을 당부했던 퀸은 믿음직한 수하의 답변에도 왠지 만족하지 못한 표정이었다.

그런 친구의 속을 풀어 주고자 바율은 부러 밝은 기색으로 인사를 건넸다.

"비욘, 안녕하세요."

"네, 바율 님. 안녕하셨습니까."

비욘은 퀸의 호위대의 수장이었다. 퀸처럼 투명하리만치 맑은 피부에 푸른 눈을 가진 미남자였다. 그가 과하다 싶을 만큼 고개를 깊이 숙이며 인사하자 그의 긴 금발 머리가 땅에 닿을 듯 흔들렸다.

바율은 제게만 유난할 정도로 예의를 차리던 그들의 모습이 이제야 비로소 이해가 갔다. 인어국에 내려오는 전설의 주인공이 자신이라니, 그럴 만도 했다.

바율은 비욘뿐 아니라 뒤로 시립한 호위대들의 얼굴에서

도 저를 향한 공경심을 느낄 수 있었다.

'부디 저들의 기대에 부응해야 할 텐데.'

지금도 이럴진대, 인어국에 도착하면 더할지도 모른다. 혹여 실망감을 주기라도 하면 어쩌나 하고 바율은 저도 모르게 긴장했다.

"어? 이건 인어국의 배가 아닌 것 같은데?"

퀸의 안내로 승선하며 주변을 두리번거리던 에이단이 이상하다는 듯 고개를 갸웃했다.

아카데미에 입학하기 전까지 부모님을 따라서 여러 나라를 가 봤던 녀석은 배의 모양만 봐도 어느 나라에서 제조한 것인지 알 수 있었다.

"중간에 갈아탈 거야."

"아, 그래?"

"어. 우리나라 배는 여기까지 못 들어와."

"그렇게 크냐? 그럼 달랏 항을 이용하면 되지 않아?"

달랏 항은 제국 최대의 항구였다. 수심이 깊어서 거대 선박도 무리 없이 정박할 수 있었다.

"크기가 문제가 아니야."

"으잉? 그럼 대체 왜?"

에이단의 물음에 친구들까지 일제히 퀸을 돌아보았다. 인어국의 배는 어디가 어떻게 다른 건지 궁금했기 때문이다.

"그건 보면 자연히 알게 될 거야."

그러니 그런 쓸데없는 질문은 그만두라는 양 퀸이 휙 선수 쪽으로 걸어갔다.

"자식이, 쌀쌀맞기는. 그냥 말해 주면 어디가 덧나기라도 하냐? 우리가 제 나라에 이렇게 가 주는데 말이야!"

"쟤, 혹시 창피한 거 아닐까?"

"창피?"

갑작스러운 일라이의 추리에 에이단이 뭔 소리냐는 듯 미간을 구겼다.

"인어국 사정이 좀 어렵다면서."

"그게 뭐?"

"형편이 어려우니 배가 무진장 작다거나, 외관이 헐거나 낡았을 수도 있잖아. 자존심 빼면 시체인 녀석이니 그런 모습을 보여 줄 생각에 찬 바람이 쌩쌩 부는 거지. 아, 나는 걱정 마. 내 레어는 어디에 내놓아도 손색이 없을 만큼 훌륭하니까."

퀸의 뒷모습을 잠시 안쓰럽게 바라보던 일라이가 돌연 제 자랑을 해 댔다. 정체를 들키고 나서는 꽤 자주 입에 올리던 화제라서 이제 친구들은 별로 놀랍지도 않았다.

"언젠가는 나도 레어로 너희들을 초대할게."

"그래."

"부르면 가야지."

"굳이 안 가 봐도 어떻게 생겼을지 대충 상상이 간다만."

온통 붉은색으로 도배되었을 레어를 떠올리자 친구들은 약속이라도 한 듯 고개를 설레설레 내저었다. 눈이 굉장히 피로할 것 같다는 생각과 함께.

"파도가 좀 센 것 같은데, 괜찮은 건가?"

어느덧 배가 출항했다. 일행이 탄 배는 그리 크지도, 그렇다고 작지도 않았다. 파도가 뱃머리에 부딪히자 하얀 포말이 일며 바율이 살짝 비틀거렸다.

"퀸, 템페스타에게 좀 도와 달라고 할까?"

바율은 힘겹게 중심을 잡으며 퀸에게로 다가갔다. 배와 관련해서는 아는 바가 거의 없지만, 그래도 바다의 물결이 운항에 중요한 역할을 한다는 것쯤은 알고 있었다. 그리고 거기에 가장 큰 영향을 끼치는 게 바로 바람이었다.

"아니, 괜찮아."

하지만 퀸은 걱정 말라는 듯 바율을 보며 싱긋 웃을 뿐이었다.

시원한 바닷바람을 맞으며 선수에 선 퀸의 모습은 바율이 예상했던 것보다 훨씬 더 잘 어울렸다. 분명 똑같은 사람인데, 왜인지 뭍에서 보았을 때와는 느낌이 달랐다.

그러고 보니 언젠가부터 그에게서 흘러나오는 기운 역시

점점 강해지고 있었다. 지금이라면 그 누구와 붙어도 절대 지지 않을 것만 같은 어마어마한 세기였다.

그렇게 얼마나 나아갔을까.

세 개의 돛이 바람을 타고 빠르게 일행을 망망대해로 이끌었다. 수심이 어느 정도나 될지 가늠조차 할 수 없는 대해 위로 강렬한 햇볕이 내리쬐자 수면이 눈부시게 반짝거렸다. 평화로운 풍경이 아닐 수 없었다.

"진짜 고요하다."

"아무 소리도 안 나."

"여기서 조난당하면 그냥 죽겠는걸."

"얘들아, 우리한테는 잉그리드가 있단다. 이 녀석을 잊지 말아 줄래?"

아무 말이나 내뱉는 친구들을 향해 에이단이 일침을 가할 때였다.

"응? 방금 무슨 소리 못 들었어?"

라나사가 난간 밖으로 몸을 쭉 내밀며 아래를 내려다보았다. 보이는 건 깊이를 알 수 없는 바닷물뿐이었다. 그러나 라나사는 별안간 머리털이 삐죽 솟는 듯한 느낌을 받았다. 동시에 허리에 찬 검이 웅웅 울어 댔다.

"기드온?"

로건의 에고 소드도 마찬가지였다.

"삐욕!"

모자 속에 잠들어 있던 잉그리드까지 머리를 비집고 밖으로 나왔다. 무언가를 감지한 듯 이언이 검의 손잡이로 손을 가져갈 때, 바율은 퀸의 입가가 곱게 휘어지는 것을 목격했다.

그건 반가운 이를 맞이하는 순간, 혹은 그립던 상대와 재회했을 때나 나올 법한 미소였다.

쏴아아아아!

"으아악!"

이윽고 거대한 물보라가 일어났다. 엄청난 높이의 파고가 형성되었고, 그 여파로 그들이 탄 배가 세차게 흔들렸다.

하지만 잠시 후, 배는 거짓말처럼 다시 중심을 잡고 우뚝 섰다.

"뭐, 뭐야?"

한데 이상한 건, 분명 아무것도 없는 망망대해이거늘 왜인지 그림자가 졌다는 것이었다.

그새 구름이라도 낀 것인가?

친구들은 의아한 생각에 고개를 들었다. 그런 그들의 시야에 커다란 뱀의 머리가 들어왔다. 이제껏 본 적 없는 엄청난 크기의 뱀이, 물인지 독인지 모를 액체를 뚝뚝 흘리며 당장이라도 퀸을 삼킬 것처럼 거대한 아가리를 벌리고 있었다.

"퀴, 퀸!"

바율은 거친 호흡을 삼키며 다급히 친구의 이름을 외쳤다. 퀸이 바다뱀에게 먹힐지도 모른다고 생각하자 온몸이 석상처럼 굳어 버렸다.

너무 놀란 나머지 조금 전 퀸이 미소를 지은 것도, 그에게 대양의 눈이 있다는 것도 전부 잊었다.

"…에?"

그때, 거대 바다뱀의 등장에 경악하던 에이단이 허탈한 숨을 내쉬었다. 그러곤 다소 어처구니없는 듯한 눈길로 바다뱀을 바라보았다.

그 순간, 바다뱀의 벌어진 아가리에서 길쭉한 혀가 뻗어 나왔다. 그러더니 마치 소중한 보물이라도 대하듯 퀸의 전신을 찬찬히 핥기 시작했다.

"으, 로콱스! 그만해!"

퀸이 불평했지만, 바다뱀은 인정사정 봐주지 않았다. 축축한 혀가 오가는 대로 퀸의 몸도 덩달아 이리저리 휘청거렸다.

"로콱스!"

퀸은 아예 몸부림을 쳐 가며 버럭 소리쳤다. 하나 달라지는 것은 없었다. 바다뱀의 기다란 혀는 퀸의 옷가지며 머리카락을 망가뜨리느라 정신이 없어 보였다.

"…아무래도 저 뱀의 이름이 로콱스인가 봐."

"지금 퀸을 보고 반가워서 저러는 거지?"

"생긴 건 엄청 무서운데, 하는 짓은 꼭 재스퍼랑 똑같네. 와, 내 평생 잊지 못할 광경이다."

"바다뱀의 이름이 로콱스라는 것도 웃겨. 그거 수다쟁이라는 뜻 아닌가?"

"그럼 맞게 지었네."

"뭐?"

에이단의 말에 친구들이 단체로 녀석을 돌아보았다.

"너 뭐 들리는 거냐?"

"저 뱀이 말하는 것도 알아들을 수 있나 보지?"

"어. 심지어 귀가 따가울 정도야."

과장이 아닌지, 에이단은 한쪽 귀를 틀어막으며 작게 인상까지 찌푸렸다.

"뭐라는 건데. 해석 좀 해 봐."

"왜 이제 왔냐고 난리야. 보고 싶어서 백 일 밤낮을 쉬지 않고 울었대. 식음도 전폐하면서."

"울어?"

"뱀이 울기도 하냐?"

"살아 있는 생명체인데 당연히 울 수도 있겠지. 라이, 넌 무슨 그런 질문을 하니?"

라나사가 핀잔을 주고는 고개를 들어 로콱스를 올려다보았다. 그런 그녀의 보라색 눈동자엔 호기심이 잔뜩 어려 있었다.

"얘는 뱀이 하나도 안 징그러운가 봐. 역시 대담하다니까."

"언데드를 그렇게 실컷 봤는데 겨우 뱀 따위에게 겁먹겠냐?"

"아, 그렇게 생각해 보면 또 그러네."

일라이가 깨달음을 얻었다는 양 머리를 끄덕끄덕했다.

"휴우, 그래도 다행이다."

멍하니 대화를 듣고만 있던 바율은 안도의 한숨을 내쉬었다.

"난 정말로 퀸이 잡아먹히는 줄 알았거든."

"그건 우리도 마찬가지야. 저 자식은 미리 얘기 좀 해 주지, 사람 간 떨어지게 하고 있어."

"넌 사람도 아닌데 떨어질 간이 있기는 하냐?"

"관용 표현이잖아. 자꾸 따질래?"

"왜, 또 설정 운운하시게?"

"어? 움직인다!"

에이단과 일라이가 지겨운 설전을 시작하려는 찰나, 로건과 라나사가 동시에 소리쳤다. 급히 돌아보니 로콱스가 서서히 뒤로 물러나고 있었다. 어느새 녀석의 입도 다물어진 상태였다.

"얘들아, 나 좀 나갔다 올게."

"나가? 어딜?"

여긴 사방이 바다로 둘러싸인 망망대해였다. 친구들은 퀸이 인어족이라는 사실을 까먹은 채 바보처럼 묻고 말았다.

"이 녀석이 너무 보채네. 우선 좀 달래 줘야 할 것 같아. 인사는 다녀와서 제대로 나누게 해 줄게."

"…쟤 방금 웃었냐?"

"어…… 순간 클라라인 줄."

아이처럼 웃는 퀸의 모습에 친구들은 또다시 멍해졌다. 자주는 아니지만, 본래도 가끔씩 웃기는 했다. 하지만 지금처럼 아무런 근심 없이 말간 표정의 퀸을 보는 건 퍽 생소했다.

누가 퀸의 저런 모습을 보고 차갑고 까칠하다고 말할 수 있을까.

애정 어린 눈길로 로콕스를 쳐다보던 퀸은 그대로 바닷속으로 뛰어들었다. 아무런 명도 없었지만, 호위대는 주저 없이 그 뒤를 따랐다.

풍덩, 하는 소리가 잇따라 고막을 울렸다. 바율과 친구들은 너 나 할 것 없이 배의 난간으로 달려갔다. 작은 배가 아니었기에 수면과의 높이는 상당했다. 다칠 가능성을 완전히 배제할 수 없었다.

그러나 그건 평범한 인간의 기준일 뿐 인어족들에겐 아무런 장애가 될 수 없었다. 걱정하는 친구들을 비웃기라도 하듯, 인어들이 하나둘 물면 위로 얼굴을 드러냈다.

그리고 그들은 물 만난 고기라는 말의 진정한 의미를 확실하게 일깨워 주었다.

바다를 가르며 신나게 헤엄치는 인어들의 모습은 가히 장관이었다. 그들이 돌고래처럼 수면 위로 껑충 튀어 오를 때마다 바율과 친구들은 환호성을 내질렀다.

마음 같아선 당장 뛰어들어 함께하고 싶었지만, 차마 인어들의 속도를 따라잡을 자신이 없었다.

게다가 로콱스란 거대한 바다뱀이 퀸을 바짝 추격하고 있었다.

녀석의 몸길이가 얼마나 될지 가늠조차 할 수 없는 상황에서 같이 수영을 했다간 녀석이 만들어 내는 파도에 휩쓸려 기절을 할지도 모를 일이었다.

"꼬맹이가 아주 신이 났군."

"데스, 나왔어요?"

배에 오르자마자 도착하면 깨우라고 말한 데스는 선실로 바로 직행했었다. 그런 그가 팔짱을 낀 채 어슬렁어슬렁 밖으로 걸어 나왔다.

"그런데 꼬맹이라니요?"

평소 그가 퀸을 그런 식으로 호칭한 적이 없었기에 바율은 누굴 지칭하는 말인지 이해하지 못했다.

"저기 뱀 새끼 말이야."

"…뱀 새끼요?"

어감이 좀 그랬다. 새끼 뱀이라고 하면 될 것을 뱀 새끼라고 하니, 왠지 욕 같기도 하다.

"이름이 로콱스래요. 한데 새끼라니, 저게 다 자란 게 아니라는 거예요?"

"당연하지. 성체라기엔 크기가 작잖아. 먹이가 풍족하지 못한 건지 너무 말랐네."

데스는 불쌍하다는 듯 쯧쯧거리며 혀까지 찼다.

"헐……."

"저게 덜 큰 거라니……."

"그냥 놀라울 뿐이다."

바율과 친구들은 물론 이언까지 로콱스를 향한 눈동자에 경탄이 어렸다. 저기서 커지면 얼마나 더 거대해질지 상상하자 입이 다물어지지가 않았다.

"하암, 근데 언제까지 이러고 기다려야 하는 거지?"

데스가 늘어지게 하품을 하더니 불만 가득한 표정으로 하늘을 올려다보았다.

아직 날이 밝았지만, 어느덧 태양이 서쪽으로 많이 치우쳐져 있었다.

"나 배고파."

결국 데스에게서 듣고 싶지 않았던 한마디가 떨어졌다.

리타도 없는 이런 상황에, 시장한 그를 상대하는 건 바율에게 상당히 고달픈 일이었다. 그래도 그는 애써 침착함을 유지하며 마치 아이를 어르듯 부드러운 어조로 말했다.

"곧 나오겠죠. 조금만 더 기다려 봐요."

"잠수를 너무 오래 하는 거 아니야?"

데스의 말대로, 퀸을 위시한 인어들과 로콕스는 어느 순간부터 아예 물 밖으로 나오지 않았다. 잠영을 즐기고 있을 게 분명한데, 직접 볼 수가 없으니 시간이 더욱 더디게 흐르는 느낌이었다.

"오랜만이잖아요. 인어국에 가면 해야 할 일도 많을 텐데, 잠깐쯤은 쉬는 게 퀸을 위해서도 나을 겁니다."

"그럼 나는? 날 위해서는 뭘 해 줄 건데?"

"…데스는 돌아가면 리타가 삼시 세끼를 고기반찬으로 해 주기로 약속했잖아요. 그래서 얌전히 따라온 거 아니었어요?"

바율의 말투는 한없이 나긋했지만, 리타의 이름을 거론한 건 일종의 경고나 마찬가지였다.

여기서 말을 듣지 않으면 리타에게 이를 수밖에 없다는 깊은 내막이 깔린 것이다.

그걸 눈치 빠른 데스가 알아듣지 못할 리 없었다.

"어쭈? 설마 지금 나 협박하는 거냐?"

"그럴 리가요."

"와, 많이 컸네. 많이 컸어. 그렇게 순하던 녀석이 이젠 마계 총사령관인 나를 다 겁박하다니!"

그간의 서러움이 폭발이라도 한 듯, 리타 앞에선 찍소리도 못하던 데스가 돌연 바율을 보며 한탄했다. 제 처지가 새삼 참 비참한 것 같다는 말을 덧붙이며.

"본인이 자초해 놓고 왜 난리래."

일라이가 한심하다는 듯 흘겨보는데도 데스의 탄식은 쉬이 끝날 생각을 하지 않았다.

쏴아아아!

파도가 솟구치며 또다시 배가 요동친 건 바로 그 순간이었다. 로콕스의 거대한 머리가 일행의 앞에 번쩍 나타났다. 이전과 다른 점이라면 그런 녀석의 머리 위에 퀸이 올라타 있다는 것이었다.

"퀸!"

온몸이 물에 젖은 퀸은 그야말로 싱그러움이 흘러넘쳤다. 일전에도 녀석의 꼬리를 본 적은 있지만, 이처럼 과감하게 드러낸 건 처음이었다. 비로소 완전한 녀석을 마주한 기분이었다.

"인사해. 여긴 로콱스, 보다시피 바다뱀이야. 인간들은 씨 서펜트라고도 부르지."

퀸이 비늘로 뒤덮인 로콱스의 머리를 손으로 비비자 녀석이 괴상한 소리를 내며 꿈틀거렸다. 그 탓에 배가 기우뚱거렸지만, 다행히 아무도 넘어지지 않았다.

"안녕, 로콱스! 난 에이단이야!"

테이머답게 에이단이 가장 먼저 로콱스를 향해 저를 소개했다. 녀석이 무슨 말을 하는지 다 알아들었기 때문인지 에이단은 더 이상 로콱스를 무서워하지 않았다. 오히려 귀여워하는 것 같기도 했다.

"그래, 네 말 다 알아들을 수 있어."

에이단을 향한 로콱스의 커다란 눈꺼풀이 두어 번 위아래로 깜박였다. 인간이 제게 말을 걸고 답하는 게 꽤 신기한 모양이었다.

"풉. 수줍어하기는."

친구들이 보기엔 아무런 변화도 없었지만, 에이단은 웃음을 터뜨리며 녀석에게로 가까이 다가갔다. 직접 만져 보려는 의도였으나, 아쉽게도 손이 닿기엔 거리가 좀 멀었다.

그러자 그런 에이단의 마음을 읽기라도 한 양 로콱스가

난간 쪽으로 몸을 기울였다.

"어어!"

자칫 잘못하다간 돛과 그대로 부딪칠 것만 같아서 바율은 깜짝 놀라 뒷걸음질 쳤다. 반면 라나사는 어느 사이엔가 에이단의 옆에 가서 서 있었다. 그리곤 망설임 없이 긴 팔을 뻗어 로콱스의 몸통을 쓰다듬었다. 그 손길이 싫지 않은지 녀석이 그르렁거리며 울어 댔다.

"되게 부드럽다."

"비늘이란 게 이런 느낌이구나."

에이단과 라나사는 감탄사를 연발하며 로콱스가 귀엽다느니, 친절하다느니 칭찬을 늘어놓았다.

'대체 자기들이 쟤를 언제 봤다고 저러는 거냐? 지금 나만 어이없어?'

일라이가 바율에게 눈빛으로 그리 물었지만, 바율은 그저 말없이 미소만 지었다.

뱀이라면 평소 질색하던 그도 퀸의 친구라고 하니 로콱스가 별로 두렵게 느껴지지 않았다. 그렇다고 직접 만질 용기까지는 아직 없어서 그냥 눈에 담는 정도로 만족했다.

"그런데 말이야. 갑자기 궁금한 점이 하나 생겼는데."

바율과 함께 로콱스를 그저 바라보고만 있던 로건이 문득 손을 들며 물었다.

"설마 인어국의 배라는 게, 로콱스는 아니지?"

"야, 로건. 이 녀석은 그냥 새끼 바다뱀이라잖아. 세상에 뱀을 타고 가야 하는 나라가 어디 있냐? 말이 되는 소리를 해라."

일라이가 가끔 보면 너도 상상력이 지나친 것 같다며 한 마디 했다. 그러나 다음 순간, 바율과 친구들은 얼어붙었다.

"맞는데?"

"…뭐?"

"너희가 인어국에 들어갈 방법은 로콱스를 타는 것 말고는 없어."

그러니 마음 단단히 먹으라는 듯 퀸이 씩 웃었다.

"하하하! 방금 참 재미있는 농담이었어. 그치?"

일라이는 제 귀를 의심하지 않았다. 단지 퀸이 농을 지껄이는 거라고 생각했다. 그것도 아주 질 나쁜 농을.

"야, 너 내가 아까 인어국 사정 어쩌고 한 말 때문에 일부러 이러는 거지? 근데 그건 그냥 네가 걱정돼서 한 소리지, 놀리려던 건 아니었어. 내가 어려운 상황 같은 거로 친구 웃음거리 만드는 애 아닌 거 알잖아."

"그런 말을 했었어?"

"…어. 못 들었었냐?"

"아깐 좀 정신이 없었거든. 이거저거 신경 쓸 게 많아 서."

퀸은 아무렇지 않은 얼굴로 대꾸했지만, 일라이의 표정 은 미묘하게 일그러졌다. 괜히 쓸데없는 말을 했다 싶은 기 색이, 아무래도 이 녀석이 이제 와서 화를 내면 어쩌나 하 는 눈치였다.

하지만 오늘의 퀸은 놀라우리만치 관대했다.

오랜만에 바다 수영을 한 덕분인지, 아니면 바다뱀 로콱 스의 애교 때문인지 정확히 알 길은 없었다. 어쨌든 젖은 머리칼을 흔들며 갑판 위로 뛰어내리는 그는 일라이가 뭐 라 하든 여전히 기분이 좋아 보였다.

"물 밖으로 나오니까 꼬리가 순식간에 다시 다리로 바뀌 는구나."

그 모습을 실시간으로 지켜보던 라나사가 신기하다는 듯 중얼거렸다.

"로콱스, 그만 가 봐."

퀸은 배로 내려서자마자 로콱스에게 명령했다. 그러자 일라이가 대번에 반색하며 녀석에게로 다가갔다.

"역시 농담이었지? 하긴, 말이 안 되잖아. 어떻게 저 뱀 을 타고 갈 수가 있냐고. 괜히 겁먹었네. 퀸, 너 장난 좀 늘 었다?"

"장난한 적 없어. 아직은 갈아탈 시기가 안 된 거 뿐이야."

인어국은 여기서 며칠은 더 들어가야 했다. 그리고 로콕스는 인어국의 국경이 시작되는 곳, 즉 해류가 특히 강해지는 지점을 통과할 시에 필요한 녀석이었다.

"망 잘 보도록 해. 저번처럼 졸지 말고."

퀸의 명에 로콕스가 떨어지기 싫다는 듯 특유의 소리로 잠시 울어 대다가, 결국 마지못해 심해 속으로 사라졌다. 에이단과 라나사가 아쉬움에 난간 밑을 힐긋거렸지만, 녀석이 다시 나타나는 일은 없었다.

"그럼 로콕스도 돌아갔으니, 저희는 슬슬 식사를 준비하도록 하겠습니다."

그러고 보니 출항하고 여태 아무것도 먹지 않았다. 비욘과 그의 수하들은 데스의 허기를 알아차리기라도 한 양 서둘러 주방으로 들어갔다.

"너희도 음식이 마련될 때까지 좀 쉬는 게 어때? 선실 안쪽에 보면 침대가 있을 거야."

어느새 평소의 침착한 말투로 돌아온 퀸이 친구들에게 권했지만, 일라이는 도저히 그럴 수 있는 상황이 아니었다.

"야, 퀸! 지금 침대가 문제냐? 우리가 진짜 아까 그 뱀을 탄다고?"

계속해서 아닐 거라며 현실 부정을 하던 일라이가 결국 터졌다.

"대체 우리를 다 어떻게 태울 건데? 그 번들거리는 비늘 위에 나란히 앉으라는 거냐? 안전장치 하나 없는데, 그러다 물에 빠지면? 네가 뭐, 직접 건져 주기라도 할 거야?"

"라이, 퀸도 다 생각이 있겠지. 여차하면 나와 이노센트도 있잖아."

바율은 정령사로서 각성한 이후로 물속에서도 숨을 쉴 수 있는 몸이 되었다. 그럼에도 로콱스를 타야 한다는 발언에 놀라움과 더불어 꺼려지는 마음이 조금이나마 든 것도 사실이었다. 그래도 다른 누구도 아닌 퀸이 무턱대고 그런 결정을 했을 리는 없다고 생각했다.

"그래. 솔직히 나도 좀 놀라긴 했는데, 설마 겨우 나라 하나 가는 건데 뭔 일이야 있겠냐? 그리고 난 로콱스가 마음에 들어. 순하고 착한 게, 우리 잉그리드랑 비슷해."

"삐욕!"

"잉그리드 너도 마음에 든다고? 아이고, 아쉬웠어?"

로콱스가 금방 수면 아래로 사라지는 바람에 잉그리드와는 미처 인사를 나눌 새가 없었다. 그것이 내심 서운했는지 녀석이 에이단의 정수리에서 총총거리며 떠들었다.

"라이."

"왜!"

퀸의 부름에 일라이가 신경질적으로 버럭 소리쳤다.

"네가 거부감을 보이는 거 이해해. 레드 드래곤인 네겐 바닷물이 당연히 불쾌할 수 있겠지. 종족 특성상 물이라고 해 봐야 얕은 개울이나 온천에 몸을 담가 본 것 정도가 전부일 테니까."

퀸의 말대로 일라이는 남들은 들어갈 엄두조차 내지 못하는 뜨거운 용암 속에서 진정한 안정을 찾는 레드 드래곤이었다. 바닷물 따위가 그를 해칠 수는 없겠지만, 이건 기분상의 문제였다.

더욱이 인어국은 그야말로 사방이 온통 물로 둘러싸인 곳이었다. 물과 뭍을 오가는 종족이니만큼 육지도 분명 존재하지만, 아주 일부일 뿐이었다.

"내가 약속할게. 네가 물에 빠질 일은 절대 없을 거야. 그러니 안심해."

"…그걸 어떻게 보장할 건데?"

퀸의 나긋한 어조 때문인지 일라이의 목소리가 조금은 누그러졌다.

"지금은 설명해도 이해하지 못할 거야. 며칠 뒤면 자연히 알게 될 테니, 그때까지는 일단 궁금해도 참아."

"이 배로 한참을 더 가야 하나 보지?"

조금 전 '아직은 갈아탈 때가 아니'라던 퀸의 말을 기억한 라나사가 타이밍 좋게 끼어들어 묻자, 퀸이 고개를 끄덕였다.

"응. 바람이 어떻게 부냐에 따라 좀 달라질 수야 있겠지만, 어쨌든 최소 이삼일 정도는 더 가야 해."

"인어국이 꽤 멀긴 멀구나."

"그러게. 근데 퀸, 아까 로콱스에게 망을 보라던 건 무슨 뜻이야?"

로건은 그 말을 들은 이후로 내내 신경이 쓰였다.

"씨 서펜트는 바다 생물들 사이에선 공포의 대상 아니던가? 오죽하면 심해의 왕이라고 불릴 정도잖아. 물론 오늘 본 녀석은 전혀 무섭게 느껴지지 않았지만."

"헐, 설마 다른 바다 괴물들이 녀석을 막 공격하고 그러는 거냐? 로콱스가 아직 새끼라서?"

"어디서든 겁을 상실한 놈들은 늘 있기 마련이지."

로콱스에게 덤비는 놈들이 있다면 그게 누구든 용서치 않겠다는 양 라나사가 두 눈을 치켜뜨며 힘주어 검을 쥐었다.

"아직 어리긴 해도 로콱스는 인어국에 남은 마지막 씨 서펜트야. 감히 그런 녀석에게 덤비는 겁 없는 놈들이 있을 턱이 없지."

오래전, 인어국이 위명을 떨치던 시절엔 많은 씨 서펜트들이 인어국을 따랐다. 그러나 나라의 국세가 기울면서 그 수가 점차 줄어들더니, 종국엔 로콕스만이 남게 되었다.

"그럼 아까 그건 무슨 의미였는데?"

"……."

로건은 그저 궁금해서 물었을 뿐이었다. 그런데 이제껏 곧잘 답해 주던 퀸이 돌연 입을 다물었다. 생기가 넘치던 안색 역시 어느 틈엔가 어둡게 가라앉아 있었다.

'퀸……?'

바율은 왜인지 철렁했다. 퀸은 본래도 말이 없는 편이지만, 인어국에 대해선 유난히 더 말을 아끼곤 했다. 그래서 무슨 일이 있는 거냐고 묻기조차 어려웠다.

"식사하십시오!"

그때 마침 비욘이 음식이 준비되었음을 알렸다.

데스는 기대감을 비치며 바로 선실로 들어갔고, 친구들은 퀸의 눈치를 살피다가 하나둘 걸음을 옮겼다. 심상치 않은 분위기를 감지한 탓인지 일라이도 더는 투덜거리지 않았다.

"가자, 퀸."

바율은 퀸의 손을 조심스럽게 잡아끌며 안으로 이동했다.

"생선이 싱싱한 게 의외로 먹을 만하군."

식사 시간은 나름 순조로웠다. 늘 고기를 부르짖던 데스의 앞에 생선 가시가 탑이 되어 쌓여 있었다.

인어들이 차린 식사는 대부분이 생선과 해조류로 조리되어 있었는데, 데스는 개중에서도 생선 구이가 가장 입에 맞는다며 엄청 먹어 댔다.

"리타 양이 해 준 것과는 또 다른 맛이군요."

식사를 마친 이언 역시 입가를 닦는 모습이 상당히 만족스러워하는 기색이었다.

덕분에 굳어진 공기가 조금은 느슨해졌지만, 퀸의 낯빛은 여전히 좋지 못했다. 그에 친구들은 자리에서 편히 일어나지도 못하고 괜스레 서로 눈빛만 교환했다.

"…내 어머니는 돌아가셨어."

퀸이 고백하듯 입을 연 것은 그때였다. 별안간 듣게 된 녀석의 얘기에 바율과 친구들은 깜짝 놀라 숨을 헉 들이마셨다.

그러나 놀라기엔 아직 일렀다.

"남들은 사고라고 하지만, 난 알아. 사실 어머니는 살해당하셨어."

"사, 살해?"

끔찍한 단어에 친구들의 어깨가 들썩였다. 그걸 아는지

모르는지 퀸은 담담히 이야기를 이어 갔다.

"날씨가 무척 좋은 날이었어. 바람결에 실려 오던 물 향기가 왠지 들뜨게 하던 그런 날이었지. 어머니는 오랜만에 동생들을 데리고 교외로 소풍을 나가셨어. 그러다 혼자만 돌아오지 못하셨지. 원래는 나도 같이 가기로 했었는데, 갑자기 일이 생기는 바람에 그러지 못했어."

퀸의 음성에는 깊은 후회가 깔려 있었다.

"…어머니를 죽인 건 바쉐론이야. 내겐 숙부이기도 하지."

"숙부?"

"잠깐, 그러니까…… 지금 네 아버지의 동생 되는 사람이 너희 어머니를 죽였다는 거야?"

"어. 그것만으로 부족해서 이젠 나를 죽이려고 해."

"너, 너를 죽이려고 한다고?"

퀸의 느닷없는 소리에 바율은 새된 비명과 함께 벌떡 일어섰다. 친구들도 다르지 않았다.

이런 엄청난 얘기를 밥 먹다가 털어놓는 이 상황도 어이가 없지만, 그런 위험 속에서 퀸이 여태 아무 내색조차 안했다는 게 더 열이 뻗쳤다.

특히나 기억에는 없어도 비슷한 일을 당한 일라이는 거의 폭발하기 직전의 표정을 하고 있었다.

"야! 너는 그런 중요한 얘기를 이제 말하면 어떡해? 네 목숨이 위태롭다는 걸 이딴 식으로 말하는 법이 어디 있냐?"

"네 숙부라는 작자는 미친 거냐? 왜 사람을 막 죽여?"

"아니, 너희 아버지는 뭘 하시는 건데? 당장 잡아들이든 죽이든 해야지!"

"너 왕세자라며? 그럼 인어국에서 왕 다음으로 높은 거 아니야?"

"이번에 우리가 그 바쉐론인지 뭔지를 해치워 주면 돼?"

흥분한 에이단과 일라이가 욕설까지 섞어 가며 소리치자 퀸이 도리어 피식 웃었다.

"서열만 보면 내가 두 번째이긴 하지. 근데 실상은 아니야."

무언가 안 좋은 기억이라도 떠오른 듯, 퀸의 미간에 균열이 어렸다.

"현 인어국의 실세는 그자거든. 내 아버지는 힘이 없어. 장자 승계의 원칙에 따라 왕이 되었을 뿐, 야망도 능력도 없는 한심한 인물이지."

퀸이 완벽주의 성향을 갖게 된 데에 가장 큰 영향을 끼친 게 그런 본인의 아버지였다. 왕의 자리에 앉았음에도 이리저리 휘둘리는 아버지의 모습을 볼 때마다 그는 참을 수 없는 분노와 열등감을 동시에 느껴야만 했다.

반드시 저만은 아버지와 같은 왕이 되지 않을 거라고 수 없이 되뇌며 버티었다. 태양의 눈에 집착하게 된 것도 아마 그런 요인이 한몫했을 터였다.

"그럼 네 숙부란 자가 너를 죽이고 왕이 되고 싶어 하는 거야?"

"아마도."

"근데 뭔가 순서가 이상하지 않아? 왕위 찬탈이 목적이면 보통 왕세자가 아니라 왕부터 노리지 않나?"

"그렇지."

고개를 끄덕이는 퀸의 얼굴에 어린 감정은 분명한 증오와 혐오였다.

"나름의 복수라고 해야 할까?"

"복수?"

"응, 달리 말하자면 빼앗긴 것에 대한 분풀이라고 할 수 있겠네."

"빼앗기다니? 뭘 빼앗겼는데?"

"어어어!"

모두가 퀸의 말에 촉각을 세우며 집중하고 있을 때였다.

별안간 배가 뒤집어질 기세로 크게 휘청거렸다. 그 탓에 식탁 위의 식기와 음식들이 죄다 바닥으로 떨어지려는 걸 데스가 용케 막아 냈다.

쿠아아아!

밖에서 괴성이 들린 것은 거의 동시였다.

"로콱스!"

일이 뭔가 잘못되기라도 한 것인지, 퀸이 창백한 낯으로 로콱스를 부르며 황급히 선실 밖으로 뛰쳐나갔다. 바율과 친구들도 그 뒤를 따라 달렸다.

"뭐, 뭐야, 저거?"

곧 갑판 위에 도착한 일행은 눈앞에 보이는 광경에 잠시 할 말을 잃었다.

고요하던 수면에 엄청난 파도가 일었다. 바닥을 구르지 않기 위해 난간을 꼭 붙든 그들의 시야를 채운 건 로콱스와 웬 이름 모를 거대 바다 생명체였다.

녀석은 제 몸보다 두 배는 더 클 법한 무언가와 바닷속, 수면 위를 오가며 사투를 벌이고 있었다. 배의 흔들림은 그들로부터 비롯된 것이었다.

"카르텔!"

원수라도 보듯, 퀸의 눈에 핏발이 섰다.

그 순간, 로콱스와 설전을 벌이던 괴물의 아가리가 엄청난 크기로 벌어졌다. 그리곤 그대로 녀석의 머리를 집어삼켰다.

"로콱스!"

"퀸!"

퀸은 주저 없이 밤바다로 뛰어들었고, 놀란 친구들은 그런 녀석의 이름을 목이 찢어질 듯이 외쳤다.

바율은 당장 이노센트를 부를 작정이었다.

사대 정령들은 어머니가 정령계로 돌아가신 후로 왠지 기운이 빠져서, 바율의 근처에 머물면서도 모습을 드러내진 않았다. 각자 감정을 추스를 시간이 필요한 것 같아 바율도 그냥 내버려 둔 차였다.

하지만 지금은 그 어느 때보다 이노센트의 힘이 간절했다. 물의 상급 정령인 녀석이라면 바다 한복판에서 일어난 현 사태를 단박에 정리해 줄 수 있을 거라 믿었다.

"워워, 진정 좀 하지?"

그런데 그 순간, 데스가 안심하라며 바율을 말렸다.

"저건 덩치만 크지, 별것도 아니야. 뱀 새끼만으로도 충분히 감당할 수 있어."

"하지만 몸집이 저렇게나 차이가 나는데요?"

"더욱이 방금 완전히 먹혀 버렸다고요! 이러다 퀸까지 휘말리면 어떡해요!"

주위에 불빛이라고는 선실 안에서 새어 나는 희미한 등불 정도가 다였다. 하필 달도 구름에 가려져서 퀸이 어디에 있는지조차 찾을 수가 없었다.

그나마 엎치락뒤치락 싸우는 놈들이 워낙 큰 탓에 육안으로 확인할 수 있다는 게 다행이라면 다행이었다.

"그 녀석, 생각보다 뱀 새끼를 많이 아끼는 모양이군."

"예?"

"가만히 둬도 알아서 해결할 텐데 굳이 이렇게 나선 걸 보면 말이야. 원래 애들은 다치면서 성장하는 법이거늘, 쯧."

"저기요, 데스."

"응?"

"그러니까 지금 그 말씀은…… 로콱스가 싸움에서 승리는 하겠지만, 크게 다칠 수도 있을 거다. 뭐, 그런 뜻인가요?"

"그야 당연하지. 독이야 뱀 새끼 쪽이 훨씬 강하니 통하지 않겠지만, 완력은 아무래도 저놈이 더 셀 수밖에. 다리가 여덟 개나 달렸잖아. 아, 저건 크라켄이라는 거야. 마계에도 비슷한 놈이 있는데, 바르 녀석이 장난감 겸해서 종종 가지고 놀곤 하지."

데스는 아무도 궁금해하지 않는 얘기를 털어놓으며 자연스레 생선 구이를 입으로 가져갔다.

"…그건 또 언제 챙기셨대요?"

"나오면서."

"이 와중에 그럴 정신이 있었다는 게 놀랍네요."

라나사는 진심으로 감탄했다. 그러자 데스가 무척이나 단호하면서도 진지하게 대꾸했다.

"음식 남기면 벌 받아. 나중에 죽어서 그거 다 먹어야 한댔어."

"…리타가 그러던가요?"

"응."

"마신도 죽고 난 후를 걱정하다니 참 재미있네요."

긴박한 상황에서도 먹을 걸 손에 쥐고 있는 데스를 보고 있노라니 바율과 친구들은 헛웃음이 튀어나올 것만 같았다.

그런 한편으로는 이상하게 안도감이 들었다. 그가 아무 일도 아닌 것처럼 구니 정말 별일이 아닌 양 느껴지는 기분이랄까.

"그리고 너희가 잊은 모양인데, 그 자식에겐 대양의 눈이 있다고. 그걸 손에 쥐고도 저딴 거 하나 상대하지 못하면 차라리 그냥 나가 죽어야지."

"데스, 아무리 그래도 말을 그렇게 심하게 하는 건……!"

그의 발언에 바율이 발끈하는 찰나였다.

쿠아아아!

거대한 입으로 로콱스를 삼켰던 크라켄이 괴성을 내지르며 몸부림을 쳐 댔다. 그 탓에 거칠게 너울이 일더니, 일행이 탄 배가 마치 종이배처럼 미친 듯이 흔들렸다. 이대로 두었다가는 전복되고도 남았다.

"으아아!"

"꽉 잡아!"

"바다에 빠지면 안 돼!"

쏴아아아!

엄청난 높이의 파도가 솟구친 것은 그때였다. 저기에 휩쓸렸다가는 배가 그대로 산산조각이 날 게 분명했다. 그에 친구들과 이언이 내심 긴장하는 순간, 별안간 성난 파도가 거짓말처럼 멈췄다. 이어 요동치던 배 역시 항구에 정박이라도 한 듯 고요히 정지했다.

"바율!"

친구들은 본능적으로 바율을 찾았다. 이렇게 갑작스레 자연이 가라앉은 건 응당 녀석의 능력이라고 생각한 것이다. 한데 정신을 차리고 보니 녀석이 보이지 않았다.

"얘들아! 이쪽이야!"

"뭐야? 언제 거기로 올라갔어?"

바율의 음성을 좇아 고개를 들자, 녀석이 공중에 떠오른 채 크라켄을 살피고 있었다.

놈이 일으킨 파랑을 막기 위해 그보다 더 큰 파도로 방어막을 세우고 나니 시야가 가려져서 답답했기 때문이다.

"치사하게 혼자만 보기냐!"

일라이가 구시렁거리더니 곧바로 플라이 마법을 시전했다.

"으아?"

"라, 라이!"

녀석은 바율과 달리 혼자만 떠오르지 않았다. 데스를 제외한 나머지 인간 넷을 모조리 저와 함께 허공으로 띄운 것이다.

"어때, 잘 보이지?"

어서 자신에게 고맙다고 말하라는 듯 일라이가 젠체하며 우아한 턱선을 들었다.

그러나 아쉽게도 친구들에겐 그럴 여유가 없었다. 일차적으로 익숙지 않은 발밑의 허전함이 그들을 당황시켰고, 이차적으론 퀸과 로콱스를 찾느라 무어라 답할 정신이 없었다.

크아아아!

크라켄의 비명이 한층 더 거세졌다.

퀸이 수면 아래에서 공격이라도 하는 것일까?

칠흑 같은 밤바다를 내려다보며 바율이 그런 생각을 하

는데, 크라켄의 머리라고 여겨지는 부분의 뒤쪽이 일순 불룩하고 튀어나왔다.

"너희들, 방금 봤어?"

"저거 설마……!"

추측이 확신이 되는 데에는 그리 긴 시간이 걸리지 않았다.

고막이 터질 듯한 괴성이 밤바다를 울리며 크라켄의 머리통이 산산조각 났기 때문이다. 놈에게 먹힌 줄로만 알았던 로콱스가 안에서부터 바깥으로 머리를 뚫고 튀어나온 것이었다.

길쭉한 녀석의 몸통이 희멀건 끈끈한 액체로 뒤덮여 있었다. 그 탓에 낮에 보았던 로콱스의 푸른색 비늘이 불투명하게 가려졌다.

"뭐야, 저건 왜 죽지도 않아?"

크라켄은 머리가 터졌는데도 발광을 멈추지 않았다.

"혹시 막 몸이 재생된다든가 그러는 건 아니죠?"

에이단이 어느새 위로 올라온 데스에게 묻자 그가 답은 않고 입에 문 생선 가시만 까딱였다.

"퀸!"

그때, 드디어 퀸이 모습을 드러냈다. 높다란 파도와 함께 수면으로 솟구친 퀸에게서 무수한 칼날이 쏟아져 나왔다.

그것은 어떤 창검보다도 날카로웠다.

거대한 크라켄의 몸뚱이가 마치 다져지기라도 하듯 조각조각 분해되어 갔다. 사납던 몸부림도 점점 잦아들었고, 자연스레 바다에는 다시금 평화가 찾아왔다.

쏴아아!

로콰스가 둥둥 떠오른 크라켄의 사체를 크게 삼키더니, 곧 다시 바닷속으로 사라졌다.

"이제야 살 좀 오르겠군."

녀석이 지나치게 말랐다며 한소리 하던 데스가 그걸 보고는 작게 휘파람을 불었다.

"데스…… 설마 지금 로콰스를 부러워하는 거예요?"

"내가? 아닌데."

"근데 입맛은 왜 다셔요?"

"그랬나?"

본인은 정말 모르는 듯했지만, 바율과 친구들은 똑똑히 보았다. 그가 혀로 윗입술을 훑으며 아쉬운 억양을 내뱉던 것을.

그간 너무 가깝게 지내다 보니 상대가 마족이라는 걸 깜박깜박할 때가 있었다. 크라켄을 보고 식탐을 느낄 인간은 어디에도 없을 터였다.

데스의 비위에 친구들이 몸서리를 칠 때, 퀸이 파도를 타고 갑판으로 돌아왔다. 다행히 그런 녀석은 어디 하나 다친 구석 없이 말짱했다.

"미안. 놀랐지?"

"솔직히 놀라긴 했다. 근데 그게 퀸, 네가 사과할 일은 아니지."

"로곽스는 괜찮은 거야? 어디 다친 데 없어?"

"몇 군데 상처가 생기긴 했는데, 그래도 금방 나을 거야. 재생력이 워낙 뛰어나서."

"휴, 안심이다. 크라켄이랑 덩치 차이가 엄청나게 나서 난 정말 녀석이 어떻게 되는 줄 알았지 뭐야."

"이건 그냥 환영 인사쯤이라고 보면 돼."

"…뭐?"

"무슨 인사?"

퀸이 긴 머리칼을 털자 젖은 물기가 순식간에 바짝 말랐다. 그가 방금 자신이 나온 바다를 물끄러미 쳐다보며 말했다.

"조금 전에 봤던 건 카르텔이라고, 바쉐론이 키우던 놈이야. 내가 귀국할 때마다 장난질을 치곤 했는데, 오늘은 그 수위가 제법 세네. 죽일 생각까지는 없었는데 말이지."

숙부가 꽤 아끼는 녀석인 만큼 자신도 그간 많이 참았지만, 오늘만큼은 도저히 그럴 수가 없었다. 로곽스의 안위를 떠나서 중요한 손님들을 데리고 가는 길이었다. 인어국에도 이미 소문이 쫙 퍼진 것을 숙부가 모를 리 없었다.

"아무래도 내 숙부도 바율, 네가 궁금한 모양이야."

"…어?"

"전설의 인간을 마주하게 되었으니 기분이 이상하기도 하겠지."

퀸은 바율을 처음 만났던 날을 아직도 잊지 못했다. 과연 제 숙부는 녀석을 보면 어떤 표정을 지을까.

긍정과 부정, 그 어느 쪽이든 다시는 함부로 굴지 못하도록 할 것이다. 완전한 대양의 눈이 자신에게 있다는 걸 알면 그 잘난 얼굴이 어떻게 변할지도 꽤 기대가 되었다.

"퀸, 너 진짜 괜찮은 거냐?"

"갑자기 크라켄이 나타나는 바람에 얘기하다 말았잖아. 네 숙부가 널 죽이려고 한다면서. 설마 인어국 안에서도 이렇게 매번 목숨을 위협받는 건 아니지?"

"그 점은 염려 마. 보는 눈들이 있을 때면 누구보다 다정하고 자상한 숙부로 돌변하니까."

이중인격이 아닐까 싶을 정도로 연기가 훌륭하다며 비아냥거리던 퀸이 돌연 정색하며 덧붙였다.

"이건 정말 만에 하나, 혹시나 해서 말하는데. 만약 거기에서 누군가 너희에게 해코지하려 들면 꼬리를 잘라. 물론 그런 일이 없게끔 내가 신경 쓰겠지만."

"…꼬리?"

"응. 그게 우리 인어족의 약점이거든."

기실 인어의 모든 힘은 꼬리에서부터 나온다고 해도 과언이 아니었다. 물에서 헤엄치며 살아가는 그들에게 꼬리가 없다는 건 수영을 할 수 없다는 뜻이나 마찬가지였고, 그것은 곧 사형 선고와도 같았다.

의지할 가족이라도 있다면 모를까, 꼬리를 잃은 인어는 그 순간 수많은 바다 괴물의 먹잇감으로 전락한다. 인어는 특히 맛이 좋아서 노리고 덤벼 대는 놈들이 꽤 존재했다.

"그럼 이만 다시 들어갈까? 첫날부터 못 볼 꼴을 보여 준 것 같아서 미안하네."

"너답지 않게 왜 자꾸 미안하대?"

"우리랑 같이 가니까 긴장되고 그러냐?"

"어."

"…뭐?"

퀸의 순순한 대답에 장난기가 다분하던 에이단과 일라이가 일순 멈칫했다. 그가 이처럼 솔직하게 인정할 줄은 몰랐던 탓이다.

하지만 아직 퀸의 말은 끝난 게 아니었다.

"정확히는 너희가 아니라 바율 때문이지."

"뭐야?"

"아마 인어국의 인어 전부가 기대하고 있을걸?"

바율은 무려 전설 속 이야기의 주인공이었다. 그를 직접 만나기 위해 밤잠도 설쳐 가며 기다리는 이들이 대부분일 것이다. 인어국이 쇠망의 길로 들어선 날로부터 지금까지, 바율이 나타나기만을 숱하게 바라던 그들이었다.

"아. 그렇다고 바율, 네게 부담 주려고 하는 말은 아니야."

"알아."

"내가 항상 옆에 있을게. 그러니 너무 걱정 마. 알겠지?"

"응, 퀸."

나름대로 긴장한 티를 내지 않았다고 생각했는데, 그게 아닌 모양이었다. 저를 염려하는 친구의 말에 바율은 그제야 부담감을 조금은 내려놓을 수 있었다.

그리고 그로부터 이틀 뒤.

일행은 드디어 무사히 인어국의 국경에 도착했다. 이틀 사이에 왠지 더 몸집이 커다래진 것 같은 로콱스가 수면 위로 머리를 내밀었다.

"이 순간이 올 줄이야."

끔찍한 미래를 상상하기라도 한 양 일라이가 인상을 구

기는 찰나, 돌연 로쾍스의 비늘의 일부가 갈라졌다. 그것은 마치 마차의 문 같기도 했다.

　더욱 놀라운 건 그 안쪽이었다. 한눈에 봐도 포근하다 싶을 만큼 부드러운 깃털들이 어서 오라는 듯 일행을 맞이했다.

Chapter 4.
입성

1.

사위가 적막하리만치 고요한 장소였다.

평소 관리를 잘해 온 듯 아름다운 빛깔의 산호초가 줄지어 늘어서 있었다. 잔잔한 물결 사이로는 작은 물고기들이 떼를 지은 채 무언가를 쫓아 이리저리 이동 중이었다.

수면을 통과한 강한 햇살이 수중을 비추자 사방에서 빛이 반짝거렸다. 크기가 다양한 진주알과 반질반질한 자갈들이 한데 섞여 바닥을 뒹굴었다.

동서남북에 해당하는 각 방향에는 저마다 다르게 조각된 화려한 석상 네 개가 위용을 뽐내며 서 있었다. 인어의 형상을 한 그것들은 마치 당장이라도 살아 움직일 듯 사실적이었다.

그리고 그 모든 것의 중심.

오직 허락된 자만이 들어설 수 있는 그 한가운데에 비록 낡았으나 쉬이 범접할 수 없는 웅장함을 자랑하는 거대한 비석 하나가 자리하고 있었다. 특이하게도 하부는 물속에, 상부는 물 위쪽으로 노출된 상태였다.

중간을 기점으로 아래는 인어국의 글자로, 위로는 인간 세상의 글자로 같은 말이 새겨져 있었다.

「말라 가는 샘을 멈출 자, 다시금 샘을 넘치게 할 자, 왕국의 번영을 가져올 자. 꼬리 대신 두 다리가, 지느러미 대신 둥근 두 귀를 지닌 자에게서 그 처음이 있으리라.」

아무도 없을 거라 생각될 만큼 정적이 흐르던 그곳에서 묵직한 남성의 목소리가 느릿하게 흘러나왔다.

그는 다리를 꼬고 앉은 채, 한쪽 손에 턱을 괴고는 한참을 물끄러미 비석만 응시하고 있었다.

남자의 눈은 분명 수면 위로 드러난 인간의 문자를 향해 있었지만, 정작 입 밖으로 나온 건 인어국의 언어였다.

시린 밤바다를 연상시킬 만큼 어둡고 차가운 검은색 눈동자를 지닌 사내였다. 어깨를 지나 허리춤에서 찰랑거리는 머리칼은 그의 눈보다도 더 짙은 까만 빛깔이었다.

모든 인어가 그러하듯 사내 또한 피부가 희고 맑았다. 거기에 길고 진한 속눈썹과 섬세하게 솟은 코, 알맞은 크기의 입술까지.

남자는 이보다 더할 수 없을 정도로 대단한 미남자였다. 언뜻 보면 여인이라고 착각할 만큼 선이 고운 외모였다.

하나 장신의 체구와 특유의 싸늘한 표정에서 풍기는 위압감은 보는 이들로 하여금 간담을 서늘하게 하고도 남았다. 그간 그의 명령으로 인해 죽은 인어의 수를 헤아린다면 감히 그 누구도 함부로 그와 눈을 맞추지 못할 터였다.

왕성을 배경으로, 푸른 잔디밭 한복판에서 홀로 그림처럼 앉아 있는 사내.

그는 퀸이 그토록 증오해 마지않는, 왕보다 더한 권력으로 인어국을 쥐고 흔든다는 퀸의 숙부 바쉐론이었다.

비석에 새겨진 예언을 나직이 읊조린 바쉐론은 다시금 침묵에 젖어 들었다.

「무슨 일이냐.」

그렇게 얼마를 더 있었을까.

갑작스러운 인기척과 함께 그의 뒤로 여인 하나가 등장했다. 혼자만의 사색을 방해받았다 여겼는지 그의 고운 미간에 가느다란 빗금이 그어졌다.

여인은 송구하다는 듯 고개를 조아리며 보고했다.

「이제 막 국경을 통과하셨다고 합니다.」

「벌써 시간이 그리되었나? 며칠은 더 걸릴 줄 알았는데,
생각보다 일찍 도착했군.」

기다렸던 소식에 바쉐론의 입가가 슬며시 벌어졌다.

「그리고 저하⋯⋯.」

「뭔데 이리 뜸을 들이지?」

본인의 성격이 그리 너그럽지 못하다는 걸 누구보다 잘
아는 수하였다. 바쉐론이 인상을 쓰며 턱을 들자 망설이던
여인이 결국 이실직고했다.

「카르텔이⋯⋯ 죽었다고 합니다.」

「그래?」

「예.」

「사인은?」

카르텔은 바쉐론이 거느리는 많은 해양 몬스터 중에서도
특히나 각별하게 아끼던 녀석이었다. 그러니만큼 응당 주
인의 분노를 예견했던 여인은 예상과는 다른 침착한 반응
에 도리어 의아할 지경이었다. 하지만 그것도 잠시. 곧 노
련하게 속내를 숨겼다.

「왕세자 저하께서 처리하신 듯합니다. 사체는 로콱스가
먹어 버린 것 같고요.」

「오호, 왕세자 저하라. 드디어 대양의 눈을 쓰신 건가?」

제 조카는 그 아비와 달리 강하게 태어난 녀석이었다. 하

나 제아무리 그렇다 해도 거대 바다 괴물인 카르텔을 단숨에 해치우기란 어려웠다.

한데도 이토록 빨리 입국했다면 대양의 눈의 힘을 빌린 게 분명했다.

「이젠 더 이상 숨기지 않을 생각이신가 보군.」

그 태도 변화가 매우 귀엽다는 듯 바쉐론이 피식 웃었다.

「그나저나 화가 많이 나신 모양이야. 내가 아끼는 녀석이라는 걸 아시면서도 굳이 죽인 걸 보면 말이지. 어떻게, 입궁하시면 사죄라도 고해야 하나?」

바쉐론은 어깨를 으쓱이며 일어났다. 원래는 아무것도 놓여 있지 않은 곳이었지만, 언젠가부터 그를 위한 의자 하나가 덩그러니 잔디밭을 채우고 있었다.

「축제를 열어야겠다. 왕세자 저하께서 나라에 중한 손님을 모셔 왔으니 숙부 된 도리로서 뭐라도 해야지.」

「예. 모두 준비해 둔 상태입니다.」

「어느 때보다 성대한 연회가 되어야 할 것이다.」

「명심하겠습니다.」

여인은 허리를 깊이 숙여 예를 표하고는 서둘러 왔던 길로 사라졌다.

휘이잉.

바람결에 꽃잎과 이파리가 후르르 흩날리며 물 위로 떨어졌다. 그 별거 아닌 움직임에 잔잔하던 수면에 파문이 일자 근처의 작은 물고기들이 혼비백산 도망치기 시작했다.

그 꼴이 퍽 재미났는지 바쉐론은 이번엔 돌멩이 하나를 던져 보았다. 그러자 숨어 있던 조금 큰 물고기들까지 너도나도 튀어나와 꽁무니를 뺐다.

「훗.」

조소하는 그의 안색이 점점 색을 잃고 흐려졌다. 그러다 이내 무언가를 떠올린 듯 고개를 들더니, 왕성의 후편 쪽을 바라보았다.

「가만, 이럴 때가 아니군. 조카님이 오셨으니 이제라도 마중을 나가야지.」

일견 비아냥거리는 것처럼 느껴질 수 있는 말투였지만, 그의 눈에 들어찬 건 분명한 반가움이었다.

2.

"안 내리고 뭐 해?"

로콕스를 타고 인어국에 입성한 바율과 친구들은 아직도 얼떨떨했다.

바다뱀의 비늘 안쪽에 사람을 태울 수 있는 공간이 있다는 것도 놀라웠지만, 그 안락함이 또 말로 표현할 수 없을 정도라서 더더욱 어안이 벙벙했다.

비늘 속에서 밖을 볼 수 없다는 게 유일한 단점이라면 단점이었지만, 혹 위험하진 않을까 걱정했던 걸 떠올려 보면 그야말로 감지덕지했다.

퀸의 말로는 강한 해류를 뚫고 심해를 지나야만 인어국이 나온다고 했다.

인어도 약하게 태어난 경우엔 섣불리 드나들 수 없을 정도로 위험한 지대라서, 아주 오래전부터 로콕스와 같은 씨 서펜트들이 이동 수단으로 쓰여 오곤 했단다.

과연 그럴 만도 한 게, 그들의 비늘은 마치 갑옷처럼 단단하고 촘촘해서 물을 완벽하게 차단해 주었다. 덕분에 일라이는 염려와 달리 몸에 물 한 방울 닿지 않고 무사히 인어국에 당도할 수 있었다.

"근데 해저가 아니네?"

일행이 내려선 곳은 의외로 육지였다. 머릿속으로 바다 밑바닥에 세워진 화려한 궁성 같은 걸 떠올리고 있던 라나사는 고개를 갸웃거리며 사뿐하게 착지했다.

"여기 진짜 인어국 맞아? 딱히 특별한 볼거리가 없는 거 같은데?"

에이단도 의아했는지 주위를 둘러보며 물었다. 사면이 물로 채워진 거대한 성 주변으로 수풀이 우거지고 새들이 날아다녔다. 로콱스만 아니라면 제국의 어느 지방이라고 해도 믿을 수 있을 것만 같았다.

"관광이 급한 줄은 몰랐는데. 뭐하면 지금이라도 출발할까?"

"아니! 난 됐거든? 가려거든 너희끼리 가."

절대 싫다는 듯 일라이가 물가에서 후다닥 물러섰다.

"호오…… 인어국이 이렇게 생겼군."

의아해하는 친구들과 달리 데스는 어쩐지 조금 신난 기색이었다. 긴 세월을 살아온 데스지만, 그 또한 인어국에 온 건 처음이었다.

"여긴 왕성의 뒤쪽이야. 아무나 출입할 수 없어서 일단은 이곳으로 왔어."

"아무리 출입을 금한다고 하지만, 그래도 명색이 왕성이라면서 지키는 병사가 하나도 없는 건 좀 이상한데?"

로건의 지적에 동의한다는 듯 친구들이 고개를 주억거리자 퀸이 비죽 실소를 터뜨렸다. 그러더니 수면 위로 머리만 드러낸 채 커다란 눈을 깜박이고 있는 로콱스를 가리켰다.

"이 녀석이 있는데 감히 누가 침입하겠어? 안 그래, 로콱스?"

녀석이 그렇다는 듯 몸을 흔들자 삽시간에 일대가 파도로 뒤덮였다.

"으아아!"

일라이가 비명을 지르며 재빨리 피신했다. 반면 라나사는 다리가 젖는 것에도 아랑곳하지 않고 눈을 반짝이며 물었다.

"여기가 로콱스의 구역인 거야?"

"그렇다고 볼 수 있지."

"오! 그럼 수문장이네? 그것도 왕성을 지키는!"

라나사가 대단하다는 듯 웃으며 쳐다보자 로콱스가 기분 좋다는 듯 그르렁 울어 댔다.

"그럼 앞으로 이곳에 오면 언제든 로콱스를 볼 수 있는 건가?"

라나사는 녀석이 꽤 마음에 든 모양이었다. 손으로 로콱스의 비늘을 쓰다듬는 모습이 꼭 반려동물이라도 대하는 듯했다.

"근데 내 말귀를 알아듣는 거야?"

"아니. 그건 아니야."

대답한 건 퀸이 아니라 에이단이었다. 녀석이 돌연 퀸을 돌아보더니 슬쩍 미소를 지었다.

"저 녀석은 퀸의 기분에 반응하는 거야. 정확히 말하자면 퀸이 좋아하는 상대에게 덩달아 호의를 보이는 거지."

"아아, 그런 거였어?"

"자식, 우리가 그렇게 좋냐? 앞으로 좋으면 말로 해, 말로! 눈만 맨날 무섭게 뜨고 노려보지 말고!"

"그래! 사람이 입이 왜 있냐? 말을 하라고 있는 거지!"

"음흉한 자식."

"속 시커먼 놈!"

퀸의 애정 표현은 늘 바율 한정이었다. 그에 일라이와 에이단은 마음 상할 때가 한두 번이 아니었다. 둘은 마치 날이라도 잡은 듯, 번갈아 한마디씩 해 가며 속사포처럼 퀸을 놀려 댔다.

그런 두 녀석의 입꼬리는 귀까지 닿을 정도로 말려 올라가 있었다. 반대로 퀸의 표정은 순식간에 굳어졌다. 로콕스로 인해 본의 아니게 진심이 털린(?) 그가 짜증을 겨우 억누르며 명령했다.

"로콕스, 이제 그만 가서 쉬어."

"왜 갑자기 보내는데? 우린 더 같이 있고 싶은데!"

바다뱀이라면 질색이라던 일라이가 성큼 다가오며 말렸지만, 퀸은 단호했다.

"퀸 님."

그때 별안간 비욘을 비롯한 호위대가 일행을 보호하듯

감쌌다. 그들은 하나같이 긴장한 기색이 역력한 얼굴들이었다. 제국에선 한 번도 본 적 없는 태도였다. 심지어 크라켄이 나타났을 때도 이리 심각하진 않았다.

"뭐야?"

"왜 그래?"

갑작스러운 호위대의 반응에 놀라는 친구들과 달리, 바율은 차분한 시선으로 퀸과 같은 곳을 바라보았다. 이언과 데스 역시 마찬가지였다.

"로콱스, 진정해."

조금 전까지 애교를 부리던 로콱스가 느닷없이 강한 반감을 드러내며 깊은 울음을 토하자, 퀸이 부드러운 말투로 녀석을 어르며 달랬다.

"난 진짜 괜찮으니까, 가 봐."

잠시간 망설이긴 했지만, 녀석은 결국 제가 있을 곳으로 돌아갔다.

웬 사내 하나가 친구들의 시야에 들어오기 시작한 건 그때부터였다.

멀리서 봐도 체격이 큰 자였다. 꼬리가 아닌 다리로 잔디를 밟으며 천천히 걸어오는 사내는 보는 것만으로도 중압감이 들게끔 하는 힘이 있었다.

퀸이 그에 대해 무어라 따로 소개하지 않았지만, 바율은 묻지 않아도 본능적으로 알 수 있었다. 퀸이 이토록 경계하는 자라면 인어국에 '그' 밖에는 없을 테니까.

퀸의 어머니를 살해하고, 이제는 녀석까지 죽이려고 한다는 나라의 실세.

어느덧 일행 앞에 당도한 바쉐론이 섬뜩한 검은 눈을 빛내며 인사했다.

"인어국에 온 것을 환영합니다. 그쪽이 예언에 등장하는 인간이로군요."

바쉐론은 보자마자 한눈에 알아보았다. 무성하던 소문의 주인공답게 강력한 물의 기운이 바율에게서 느껴졌다.

"안녕하세요. 바율 로마노프 혼 란데르트라고 합니다."

바율은 자신을 뚫어지게 응시하는 바쉐론의 시선을 피하지 않았다.

평균 수명이 200년 정도라는 인어족은 노화가 시작되는 시기가 인간에 비해 훨씬 느리다고 들었다. 퀸의 숙부인 바쉐론의 나이가 몇 살인지는 모르겠지만, 그래서인지 그는 자신의 아버지처럼 젊은 청년의 모습을 하고 있었다.

"란데르트 가문이라면 우리 인어국에도 명성이 자자합니다. 아버지의 뒤를 이어 아들까지 그 이름을 떨치고 계신다니. 꽤 자랑스러우시겠습니다."

"여기까진 어쩐 일이십니까?"

퀸은 그가 바율과 말을 섞는 것조차 싫었다. 해서 숙부의 말을 자르며 딱딱하게 묻자, 바쉐론이 눈매를 부드럽게 휘며 대답했다.

"그야 당연히 왕세자 저하를 마중 나온 것이지요. 이리 귀한 손님을 모시고 오지 않으셨습니까. 덕분에 신도 아주 기대하는 바가 큽니다."

남들이 있기 때문인지, 그는 과연 퀸이 말한 대로 태도며 말투가 공손하기 그지없었다. 심지어 그 모든 게 가식이라고 믿기가 어려울 만큼 자연스러웠다.

"다들 오느라 지친 상태입니다. 인사는 나중에 하는 것이 좋겠습니다."

퀸이 인내심을 발휘하며 완곡히 거절했다. 하나 바쉐론은 쉬이 물러서지 않았다.

"이미 연회를 열라 지시하였습니다. 한데 왕세자 저하와 주인공이 빠져서야 되겠습니까?"

"…연회라니요?"

퀸의 음성이 미세하게 떨렸다. 그 분명한 동요에 친구들은 의아했다.

바쉐론이 어떤 놈이든지 간에, 전설의 당사자인 바율은 인어국에게 있어 엄청나게 중요한 손님이었다. 그러니만큼 그를 환영하는 행사가 열리는 건 오히려 마땅한 일이었다.

"아, 그러고 보니 근 십여 년 만에 개최되는 왕실 파티로 군요. 그동안은 왕성이 지루할 정도로 조용했는데, 오랜만에 시끌벅적해지겠습니다."

"아버지께서 허락하신 겁니까?"

"물론이지요. 국왕 전하께선 왕세자 저하와 바율 님을 누구보다 기다리시던 분입니다. 비록 연회에 직접 참석은 하지 못하시겠지만, 마음속으로나마 열렬히 환호하실 겁니다."

"왕이라면서 연회에 참석을 못 해? 왜지?"

조금 전까지만 해도 데스는 인어국의 파티장에 어떤 음식들이 나올까 하고 홀로 상상 중이었다. 그러다 바쉐론의 이상한 발언에 저도 모르게 불쑥 말이 뇌를 거치지 못한 채 밖으로 튀어나왔다. 다른 친구들도 궁금한 건 마찬가지였지만, 그 누구도 그와 같이 거리낌 없이 묻지는 않았다.

바쉐론은 자신처럼 새까만 사내를 유심히 훑었다. 보고서에 따르면 바율의 호위 기사라 하였다. 처음 봤을 땐 그저 평범한 인물이라고만 여겼는데, 지금 보니 어딘지 수상함이 드는 자였다.

긴 앞머리에 가려져서 잘 보이지 않는 눈조차 어째선지 선득한 기분이 들었다.

"…그럼 이따가 연회장에서 뵙도록 하죠."

데스는 원하는 대답을 들을 수 없었다. 아버지에 관한 얘기가 나오자 퀸이 더는 말하고 싶지 않다는 티를 대놓고 드러냈기 때문이다. 냉연한 그의 얼굴에서 어떤 사정이 있음을 짐작할 수 있었다.

조카의 심기를 더 거스르고 싶지는 않았는지 바쉐론도 이번에는 순순히 고개를 끄덕이며 길을 내줬다.

그러다 이내 무언가를 떠올리고 물가로 시선을 가져갔다.

"참, 로콱스는 어떻습니까? 그새 더 자랐을 것 같은데 말입니다."

"녀석의 안부를 물으시는 겁니까? 아니면 어쩌다 카르텔을 그 지경으로 만들었는지가 궁금하신 겁니까?"

제 숙부라면 이미 카르텔의 죽음에 대해 알고 있을 터였다. 한데 굳이 로콱스 얘기를 꺼내는 건 그가 아끼던 녀석의 숨통을 끊어 놨으니 뭐라도 한마디 하려는 심산이었다.

"놈이 멋대로 버릇없이 날뛰다가 그리된 것을 뭐 어쩌겠습니까? 녀석을 제대로 간수하지 못해 죄송할 뿐이지요. 그저 신은 왕세자 저하께서 다치지 않으신 듯하여 그게 다행이라 여길 따름입니다."

"…그렇습니까?"

난폭한 카르텔은 오로지 바쉐론의 명령만 들었다. 그걸 뻔히 다 아는 자신에게 이처럼 태연하게 거짓말을 늘어놓는 건 저를 능멸하는 짓이나 다름없었다.

"전 되레 숙부께서 행여 마음이 많이 상하지는 않으셨을까 염려하던 차였습니다. 로콱스도 저를 위험에서 구하고자 불가피하게 그러한 것이니, 혹여라도 원망하지 않으셨으면 합니다."

"아무렴요. 로콱스는 우리 인어국의 마지막 씨 서펜트가 아닙니까. 이 나라의 왕세자를 지켜 냈으니 칭찬을 해도 모자라지요."

그 '마지막 씨 서펜트'를 가지려고 숱하게 애를 썼건만, 결국 녀석이 선택한 건 퀸이었다. 많은 해양 몬스터들을 애완동물처럼 부리는 그이지만, 그 전체와 로콱스를 바꿀 수만 있다면 백번이고 천 번이고 그러고 싶은 게 솔직한 심정이었다.

"숙부께서 그리 말씀해 주시니 저도 마음이 한결 편해졌습니다. 그러잖아도 근래 먹이가 부족해서 말라 가던 참이었는데, 덕분에 아주 포식한 모양입니다. 이틀 만에 몸집이 두 배는 더 커진 것 같더군요."

기실 두 배까지는 아니었지만 퀸은 일부러 더 부풀려서 말했다.

"아마 로콱스도 지금 이 말을 들으면 좋아할 겁니다. 녀석에게도 전해 주죠."

그의 부름에는 절대로 응하지 않는 녀석이라는 걸 다시 한번 상기시켜 주며 퀸은 뒤늦은 발길을 돌렸다. 어정쩡하게 서 있던 바율과 친구들은 짧은 묵례로 인사를 대신하곤 빠르게 그의 앞을 스쳐 지나갔다.

그들의 모습을 가만히 눈에 담던 바쉐론의 입가에 어느 순간 히죽 미소가 피었다.

지루하던 그의 일상이 조카님이 돌아오실 때마다 재미있어지니, 왠지 이렇게 쭉 살아도 좋겠다는 생각이 불현듯 뇌리를 잠식했다.

3.

퀸은 성내로 향하는 내내 말이 없었다. 말을 붙일 수 있는 분위기가 아니어서 친구들도 저들끼리 눈치만 살피며 조용히 걸었다.

「왕세자 저하!」

그들의 눈앞에 입구가 보일 무렵, 일행을 발견한 누군가가 급히 달려왔다.

「어찌 이리 빨리 도착하셨습니까? 로콱스를 타고 오신 겁니까?」

남자는 희끗희끗한 머리카락이 머리의 절반을 차지하고 있는 중년이었다.

「하윈. 너는 늘 한발 느리군.」

「송구하옵니다!」

인어국의 언어이기에 자세한 내용은 짐작하기 어려웠으나, 전혀 소식을 듣지 못했다는 양 허둥대는 모습이 여유롭게 미리 마중까지 나와 있던 바쉐론과는 매우 대조적이었다.

이 한 장면만으로도 왕세자인 퀸이 제 숙부보다도 못한 위치에 있음을 대번에 알 수 있었다.

주변인들에게 벽을 세우는 퀸의 성정은 이런 환경에서 비롯된 것이었을까.

지나간 녀석의 시간을 떠올리자 바율은 속에서 절로 쓴 물이 올라왔다. 여태 혼자 이 모든 고난과 외로움을 안고 자랐을 녀석이 안쓰러워서 미칠 것만 같았다.

그런 바율의 속을 아는지 모르는지 퀸이 엄준하게 명했다.

「귀한 손님들이다. 안으로 모시거라.」

「예, 저하.」

하윈은 허리를 더욱 낮게 숙이며 두 손으로 조심스레 내궁 쪽을 가리켰다. 그는 예언에서 말한 전설의 인간이 누구인지 살필 겨를도 없는 듯했다. 그저 퀸의 분노를 더 사지 않기 위해 애쓰는 눈치였다.

「속히 음료를 내오도록 하겠습니다.」

그들이 안내된 곳은 왕궁 정원이 훤히 내려다보이는 으리으리한 방이었다. 크기도 크기지만, 고풍스러운 가구와 화려한 장식품들로 꾸며진 게 딱 봐도 아무나 들어올 수는 없는 장소 같았다.

"와! 대박! 인어국 형편이 어렵다는 말 취소. 내 레어만큼이나 훌륭하다, 훌륭해!"

드디어 일행만 남자, 일라이가 다소 높은 목소리로 칭찬을 늘어놓았다. 딴에는 가라앉은 퀸의 기분을 풀어 주고자 한 행동이었지만, 거짓말을 하지 못하는 성격답게 어색하기 짝이 없었다.

"인어국이 쇠망하게 된 건 이런 금품들 때문이 아니야."

"…어?"

"물의 기운이 약해지면서 바다는 혼탁해지고 강물은 말라 갔지. 맑은 물에서만 사는 우리 인어족에겐 그건 삶의 터전을 잃는 일이나 마찬가지였어."

일라이의 농담을 퀸이 진지하게 받아치자 녀석뿐 아니라 다들 무어라 대꾸해야 할지 감이 안 잡혔다.

"당연히 태어나는 아이의 수도 줄어들었고, 반대로 병자는 늘어 갔지. 우리가 점점 힘이 쇠약해지자 카르텔 같은 바다 괴물들도 떠나 버렸어. 약한 주인을 섬기는 몬스터들은 세상에 없거든."

"…그래서 왕성이 이렇게 조용한 거였어?"

그들이 여기까지 오는 동안 마주친 인어라고는 바쉐론과 하윈, 그 둘뿐이었다. 그에 라나사가 조심스럽게 묻자 퀸은 어깨만 슬쩍 으쓱거렸다.

"반반이야."

"뭔 뜻이냐, 그건?"

"맞으면 맞고 틀리면 틀린 거지, 반반이 뭐야?"

"반은 맞고, 반은 틀리단 얘기지."

퀸은 말을 하다 말고 창가 쪽으로 걸어가더니, 정원의 한편을 차지하고 있는 작은 연못을 내려다보았다.

"뭘 보냐?"

녀석의 갑작스러운 행동에 친구들도 따라서 밖을 쳐다보았다. 그때, 별안간 연못 속에서 인어가 툭 뛰어올랐다. 꼬리가 순식간에 다리로 바뀌더니 급히 어딘가를 향해 달려갔다.

"왜…… 인어가 저기서 튀어나와?"

"설마 그냥 단순한 연못이 아닌 거야?"

"난 그냥 보기 좋으라고 만들어 둔 건 줄 알았는데."

"오다가 저런 거 열 개는 더 보지 않았어?"

못에서 인어가 나온 게 여간 이상했는지 다들 눈들이 휘둥그레진 채 퀸을 바라봤다.

"저건 해저로 통하는 길이야."

"해저?"

"너희가 지금 딛고 있는 이곳의 밑바닥. 인어국의 왕성은 바다와 육지, 양쪽에 걸쳐져 있어. 저 연못을 통해 안으로 들어가면 그렇게 보고 싶다던 인어국만의 볼거리를 볼 수 있단 뜻이야."

"헐! 그런 생각은 해 보지도 못했어! 완전 신기한데?"

"해저에서부터 수면 위까지 뻗은 왕성이라니! 나는 좀처럼 상상이 안 가!"

"어딜 가면 그 장관을 볼 수 있는 거지?"

"그러게. 엄청 보고 싶다!"

"그럼 인어들을 못 본 것도 거의 해저에 있기 때문인가?"

"응. 아무래도 우린 물속이 더 편하니까."

가끔 일광욕을 즐기기 위해 뭍으로 올라오는 경우도 있긴 하지만, 대부분의 인어는 해저에서 생활했다.

"아버지도 그곳에 계셔."

"…아, 그랬구나."

안 그래도 왕성에 도착하면 제일 먼저 인사를 드리려고 했었는데, 앞서 바쉐론과 아버지에 관해 얘기를 나누던 퀸의 어두운 안색이 그럴 엄두조차 내지 못하게 만들었다.

"너희들도 곧 알게 되겠지만, 아버지께선 몸이 편찮으신 상태야."

"뭐라고? 어디가?"

"넌 애가 왜 자꾸 그런 중요한 소리를 이제 말하냐? 뭘 그렇게 혼자서 끙끙거리는 건데!"

"너희가 알아 봤자 달라지는 게 없으니까 말을 안 했을 뿐이야."

그건 오롯이 자신이 감당해야 할 문제였다. 그렇기에 퀸은 굳이 친구들에게 말할 필요가 없다고 생각했다.

"바쉐론은 그런 아버지를 대신해서 인어국을 지배하는 셈이지. 나와 동생들을 제외하면 유일한 왕족이기도 하니까."

"근데, 퀸. 네 치료 능력으로 아버지를······."

「오빠!」

갑자기 벌컥 문이 열리는 바람에 로건의 질문은 끝을 맺지 못했다.

친구들은 낯선 방문객을 보자마자 그 말의 내용과 관계없이 그녀가 퀸의 동생임을 알아차렸다.

열여섯, 열일곱 정도 되었을까?

퀸에게 여성복을 입힌다면 딱 이런 모습이 아닐까 싶을 정도로 놀라우리만치 퀸과 닮은 소녀였다. 그녀가 눈물이 그렁그렁하게 차오른 눈으로 제 오라비에게 뛰어들었다.

"어? 그러고 보니 좀 전에……."

자세히 보니 퀸의 동생은 방금 정원의 못에서 튀쳐나왔던 바로 그 인어였다. 어딜 그렇게 급히 가나 했었는데, 오라비의 귀국 소식에 달려온 모양이었다.

"퀸이랑 완전 똑같이 생겼어."

"쌍둥이라고 해도 믿겠다."

"성격까지 같으면 곤란한데……."

남매의 재회를 방해하지 않기 위해 적당히 거리를 벌리던 친구들은 저들끼리만 들을 수 있게끔 속닥거렸다. 그런 녀석의 표정들은 하나같이 묘한 빛을 띠고 있었다.

가녀린 어깨를 떨며 울고 있는 동생을 품에 안은 채 토닥토닥 달래 주는 퀸의 모습이 더할 나위 없이 다정해 보였기 때문이다.

여태 바율 말고는 누구에게도 보여 준 적 없는 태도였기에 신기한 한편 괜스레 마음이 짠했다.

제국에서는 한없이 믿음직스럽게만 느껴지던 퀸이었는데, 정작 인어국에 오고 나니 안타깝고 측은하단 생각이 자꾸 들었다.

지금만 해도 그랬다. 여름 방학을 맞이한 오라비가 집에 돌아오면 웃으며 반기는 게 보통의 반응이었다. 한데 퀸의 동생은 그를 보자마자 눈물범벅이었다.

이들 남매는 대체 어떤 고난 속에서 살아가고 있는 것일까.

퀸이 워낙에 입이 무거우니 몇 년을 알고 지내면서도 녀석에 대해 제대로 아는 바가 하나도 없었다. 어머니가 안 계신다는 것도, 아버지가 편찮으신 것도 전부 며칠 사이에 알게 됐다. 돌이켜 보니 너무하다 싶을 정도로 무심했다는 생각이 들었다.

미리 좀 먼저 물어볼걸.

후회가 밀려들었지만, 이미 때는 늦었다.

이제라도 차근차근 알아 가는 수밖에는 방법이 없었다.

"얘들아, 인사해. 이쪽은 내 동생, 샤를리즈야. 그냥 샤를이라고 부르면 돼."

바율과 친구들이 저마다 복잡한 감정을 정리하는 사이에 남매의 해후가 마무리되었다.

처음 만나는 사람들 앞에서 추태를 보였다 여겼는지 퀸의 동생, 샤를리즈가 얼굴을 붉힌 채 인사했다.

"안녕하세요. 처음 뵙겠습니다."

그녀는 퀸만큼이나 유창한 제국어를 구사했다. 억양뿐

아니라 발음까지 흠잡을 데 없이 완벽해서 친구들은 절로 감탄사가 흘러나왔다.

"우와! 우리나라 말 되게 잘하네요!"

"역시 퀸 동생이라서 똑똑한가 보다!"

"오빠가 유학 가기 전에 같이 배웠거든요. 언젠가 쓰일 데가 있을지 몰라서."

수줍은 표정으로 대꾸하는 샤를리즈를 친구들은 순간 홀린 듯 바라보았다.

퀸과 똑같은 얼굴을 한 채 부끄러워하는 모습을 보고 있자니 기분이 퍽 이상했기 때문이다. 언제 그들이 녀석에게서 그런 걸 봤어야지 말이다.

성별만 바뀌었을 뿐인데 분위기가 확연하게 달랐다. 차가운 제 오라비와는 달리 그녀에게선 부드럽고 유한 자태가 흘렀다.

"그리고 말씀 편하게들 하세요. 오라버니의 친구라면 제게도 오라버니만큼이나 소중한 분들인걸요."

"헤헤, 그럼 그럴까? 나는 에이단이라고 해. 만나서 반가워, 샤를."

역시나 친화력으론 에이단이 으뜸이었다. 머뭇대는 바율과 달리, 녀석은 샤를리즈의 말이 끝나기가 무섭게 말을 트며 인사했다.

"나는 일라이. 라이 오빠라고 부르면 돼."

일라이는 미모라도 뽐내듯 턱을 매만지며 슬그머니 미소를 흘렸다.

"로건이라고 합니다."

"난 라나사. 이 무뚝뚝한 녀석의 사촌 누나야."

라나사가 제 이름만을 존댓말로 밝히는 로건을 손가락으로 가리키며 샤를리즈를 향해 환하게 웃었다. 처음 보는 오라비의 친구들 앞에서 조금은 얼어 있는 그녀의 긴장을 풀어 주고자 하는 의도였다.

다행히 그 노력의 효과가 있었던 듯 샤를리즈의 안색이 바로 한결 편안해졌다. 그리고 자연스럽게 그녀의 시선이 남은 바율에게로 옮겨 왔다.

"그럼 이분이……."

인어국에 내려오는 전설 속의 인물. 그걸 공주로 태어나고 자란 샤를리즈가 모를 턱이 없었다. 바율을 살피는 그녀의 눈빛이 대번에 달라졌다.

지금까진 오라버니가 무사히 살아 돌아온 것에 정신이 팔린 나머지 미처 의식하지 못했다. 한데 인간에게서 느껴지는 이런 엄청난 물의 기운이라니. 샤를리즈는 고양감에 휩싸이며 잠시 할 말을 잃었다.

전설을 믿지 않았던 것은 아니었지만, 그 주인공을 실제로 마주하는 건 또 다른 기분이었다. 오라비에게 들었던 대로 맑고 고운 느낌의 사람이었다.

"고귀하신 분께 정식으로 인사 올립니다. 샤를리즈라고 합니다."

그녀는 갑자기 가슴에 손을 얹고는 무릎을 한 번 굽혔다가 일어났다. 일국의 왕에게나 차릴 법한 공손한 행동에 당황한 바율이 일순 어찌할 바를 몰라 버벅거리자, 퀸이 안심하라는 듯 녀석의 어깨에 손을 얹었다.

"바율, 그럴 거 없어. 이따 연회장에 가면 마주치는 인어들마다 모두 이렇게 인사할 거야. 미리 연습한다고 생각해."

"…전부 다 이럴 거라고?"

"부담 갖지 말라고 해도, 넌 부담되겠지."

바율의 성격을 누구보다 잘 아는 퀸이기에 그는 벌써부터 미안한 감정이 앞섰다.

"하지만 그건 우리 인어들이 오랜 시간 기다려 왔던 네게 존경심을 보일 수 있는 최대한의 표현 방식이야. 사실 그것만으론 부족할 정도지."

"퀸, 나는……."

"알아. 그러지 않아도 넌 날 위해서 최선을 다해 줄 거라는 걸."

퀸은 바율의 어깨에서 손을 떼는 대신 녀석의 손을 잡았다.

"고맙다. 나와 함께 와 줘서."

바율은 아직 아무것도 하지 않았거늘, 퀸은 이 자리에 네가 있는 것만으로도 충분하다며 몇 번이고 같은 말을 되뇌었다.

가슴 깊이 전해지는 그의 진심에 바율은 뭉클하면서도 먹먹한 마음이 들었다.

정령계의 복원은 어머니와 바일을 위해서라도 꼭 해야 할 일이었다. 한데 때로는 퀸 또한 이런 식으로 자신의 원동력이 되어 주고는 한다. 인어국의 미래를 짊어진 녀석을 위해서도 바율은 힘을 내리라 다짐했다.

「왕세자 저하, 다과를 내왔습니다.」

그때, 하원이 이동식 선반에 먹거리를 갖고 다시 나타났다. 곧 길쭉한 탁자에 인어국의 간식들이 줄지어 놓였다.

그러자 샤를리즈의 등장에도 소파에서 꼼짝하지 않던 데스가 가장 먼저 자리를 잡으며 재빠르게 앉았다. 조금 전까지와 동일인인지 의심될 정도의 속도였다.

"와…… 이게 진짜로 있었네?"

에이단은 사파이어가 박힌 찻잔을 조심히 들며 조금은 어처구니없다는 듯 중얼거렸다.

1학년 사절단 시절, 베르가라를 방문했을 때 퀸은 제 나라에 보석이 달린 찻잔이 있다고 분명하게 말했었다. 그 당시 기가 막힌다며 좀처럼 믿지 못하던 제 모습이 떠오르자 새삼 쥐구멍이 있다면 숨고 싶었다.

"예쁘다."

라나사는 그때를 기억하는지 어쩐지 그저 찻잔을 보며 감탄하기 바빴다. 하얀색 도자기에 푸른색 무늬가 함께 어우러진 사파이어 찻잔은 인어국에 매우 잘 어울렸다.

"내 레어에 가면 다이아몬드로 만든 것도 있다니까? 이거보다 백배는 더 예쁘다고."

잔을 인정하는 듯한 라나사의 말에 쓸데없는 경쟁심이라도 생겼는지 일라이가 레어를 운운했다.

"야, 라이. 너 입조심 좀 해."

그러나 이곳엔 그들만 있는 게 아니었다. 에이단이 샤를리즈를 힐긋거리자 그녀가 불쑥 생각지도 않은 말을 내뱉었다.

"레드 드래곤이시라고요?"

"…알고 있었어?"

"네. 오빠한테 들었어요. 학기 초부터 끈질기게 친구 하자고 하셨다면서요? 사실 그게 그렇게 싫지는 않았대요. 나중엔 더 빨리 친해지지 못한 게 아쉽다고도 하더라고요."

"샤를, 너 그 얘기는 왜……!"

동생이 제게 허락도 받지 않고 갑자기 이런 말을 할 거라고는 전혀 생각도 하지 못했다. 예상치 못한 돌발 상황에 퀸은 돌연 두통이 일며 정신이 혼미해졌다.

"헐! 퀸, 이 녀석이 그랬다고? 하여튼 은근히 부끄럼쟁이라니까. 나는? 나에 대해서는 아무 말 없었어?"

퀸의 상태는 안중에도 없다는 듯 에이단은 탁자에 바짝 몸을 붙이며 채근하듯 물었다. 그러자 샤를리즈가 방긋 웃으며 입을 열었다.

"불의를 보면 참지 못하는 정의로운 테이머라고 들었습니다. 동물을 함부로 여기지 않는 선한 마음을 지녔다고, 그래서 로콱스도 좋아할 것 같다고 했어요."

"샤를, 제발……."

"당연히 좋아하지! 내가 첫눈에 반했다니까?"

에이단의 환호와도 같은 목소리가 퀸의 말머리를 잘랐다. 속으로만 꼭꼭 숨겨 왔던 친구의 속내를 이제라도 알게 되어서 녀석은 무척이나 신이 났다.

"나에 대해선 뭐라고 했을지 궁금하네."

이번에는 라나사 차례였다. 상냥한 그녀의 물음에 샤를리즈는 오라비의 얼굴이 처참하게 무너지는 것도 모른 채 술술 털어놓았다.

"라나사 언니는…… 아, 라나사 언니라고 불러도 될까요?"

"그럼, 되고말고."

동생이라곤 시커먼 사내만 셋이었기에 라나사는 언니라는 호칭이 대번에 마음에 들었다.

"이제껏 오빠가 살면서 만난 가장 용감한 사람이라고 했어요. 뭐든 마음만 먹으면 다 해낼 수 있을 정도로 씩씩하다는 말에, 꼭 한번 뵙고 싶었습니다. 그런데 이렇게 아름답기까지 한 분일 줄은 몰랐네요."

"내가 용감한가?"

자신을 그런 식으로는 한 번도 생각해 보지 못했는지 라나사가 고개를 갸웃거리자 오히려 친구들이 정색하며 한마디씩 했다.

"그걸 여태 몰랐냐?"

"나도 너보다 용감한 사람은 본 적이 없는데!"

"얘는 스스로를 너무 모르네."

"원체 잘나서 그런 거지, 뭐."

"용맹함은 세이모어가의 내력이기도 해."

잠자코 있던 로건이 은근히 가문 자랑을 해 대자 에이단이 그 대신 물었다.

"이 자식에 관해서는 뭐래? 혹시 재수가 없다든가, 싸가

지가 바가지라든가, 뭐 그런 말 하지 않던?"

"아니요. 오빠는 아무도 험담하지 않던걸요?"

"진짜?"

"네."

"그럴 리가 없을 텐데. 이 녀석이 정말로 좋은 말만 했다고?"

에이단과 일라이가 나란히 실눈을 뜬 채 수상하다는 듯 퀸을 아래위로 훑어보았다.

"정말이에요. 가끔 무슨 생각을 하는지 알 수 없을 때가 있긴 하지만, 누구보다 진중하고 책임감이 강하다고 들었답니다. 바율 님을 진심으로 아낀다는 말도 함께요."

"다른 건 몰라도, 마지막 말은 맞네. 이 자식도 퀸처럼 완전히 대놓고까지는 아니지만, 보면 바율만 항상 특별 대접하거든."

"가끔은 호위 기사 같기도 하잖아. 이언 경이 옆에 계신데도 말이지."

에이단의 말에 동의한다는 양 일라이가 고개를 세차게 끄덕거렸다. 샤를리즈가 묻지도 않은 바율에 관한 발언을 한 것은 그때였다.

"마지막으로 바율 님에 대해선 이렇게 말했어요."

퀸은 이제 거의 포기 단계였다. 될 대로 되라는 심정인지, 한 손으로 이마를 부여잡은 채 눈을 감고 있었다.

"누군가를 위해 죽어야만 한다면, 그건 바율 님일 거라고. 인어국의 귀인이시기도 하지만, 자기에게도 이미 소중한 사람이라고. 무엇을 줘도 아깝지 않을 분이라고 했습니다."

퀸은 이미 자신을 위해 한 번 목숨을 버린 전적이 있었다. 불현듯 그때가 생각나자 바율은 감정이 북받쳤다.

자신을 그렇게까지 위해 주는 것은 분명히 고마운 일이지만, 다시는 반복하고 싶지 않은 과거이기도 했다.

"퀸, 그러지 마."

"……?"

감겨 있던 퀸이 눈이 떠졌다.

"만에 하나라도, 또 그러면 내가 절대 용서 못 해. 날 위해서 죽을 수 있는 건 오직 나뿐이어야만 해. 넌 내가 아니라 너 자신을 더 소중하게 대해 줬으면 좋겠어. 그게 인어국을 위한 일이기도 하잖아."

왕세자인 퀸에게는 인어국을 정상으로 되돌려야 할 의무가 있었다. 그걸 위해 바율과 친구들도 함께 이곳에 와 있는 것이고.

"날 진심으로 위한다면 약속해. 널 최우선으로 생각하겠다고."

"바율……."

"내 한 몸 정도는 이제 내가 알아서 할 수 있다는 거 알잖아."

바율은 솔직히 퀸이 바쉐론에 의해 어떤 식으로든 휘둘릴까 봐 걱정이었다. 샤를리즈가 의도한 것은 아니었겠지만, 어쨌든 이번 기회에 퀸에게 확실하게 말하고 싶었다.

"네 뒤에는 우리가 있을 거야. 그러니 약해지지 마. 알겠지?"

그렇게 말하는 바율의 두 눈동자가 또렷하게 빛나고 있었다. 마치 너를 지켜 주겠다는 것처럼.

Chapter 5.
전설의 인간

1.

인어국 왕성에서 오랜만에 파티가 개최되었다. 그것도 해저가 아닌 지상에서. 이건 왕국 역사상 유례없는 일이었다.

인어국은 본래 왕성을 중심으로 사방위에 나라를 수호하는 해저 도시가 세워져 있었다. 그리고 그 도시를 다스리는 이들의 호칭 앞에 동서남북의 명칭을 붙여 저마다 동방위주, 서방위주, 남방위주, 북방위주라고 불렸다.

한때는 바다의 패자로 군림했던 그들이지만, 조국이 쇠망의 길로 들어서면서 자연스레 함께 세가 기울어 지금은 겨우 명맥만 유지하는 수준이었다.

그런데도 예로부터 내려오는 권세는 무시할 수 없어서, 각 방위를 대표하는 해주들은 여전히 인어들에게 존경과 흠모의 대상이었다.

오늘 왕실에서 열리는 파티엔 무려 그 해주들 전체가 참석한다고 알려져 있었다. 그들이 마지막으로 모인 것이 지난날 퀸이 왕세자로 즉위했을 때이니, 거의 15년만인 셈이었다.

예언에 등장하는 전설의 인간과 각 방위주들까지.

좀처럼 보기 힘든 인물들을 만나기 위해 아주 먼 바다에서부터 인어들이 몰려들었다. 아직 인어국엔 아무 변화도 일어나지 않았지만, 그들이 들뜨는 것도 이해하지 못할 일은 아니었다.

"저는 여태 왕성이 이토록 분주하게 돌아가는 걸 한 번도 본 적이 없어요."

샤를리즈가 붉은 기가 도는 라나사의 금빛 머리칼을 수초를 엮어 만든 빗으로 부드럽게 쓸어내리며 조금은 흥분한 어조로 말했다.

그녀는 치장을 직접 돕고 싶다며, 만류에도 불구하고 결국 라나사를 화장대 앞에 앉히는 데 성공했다.

"샤를, 이제 그만해도 돼."

대체 빗질만 몇 분째 하는 중인지, 라나사는 한숨이 새어 나오려는 것을 겨우 참았다. 한 자세로 오래 있다 보니 벌써부터 어깨와 목 부근이 뻐근했다.

게다가 아무리 친구의 동생이라지만, 샤를리즈의 신분은 엄연히 일국의 공주였다. 그런 그녀에게서 시중을 받는다는 게 라나사는 영 어색하고 불편했다.

"아니에요. 빗질을 이렇게 해 줘야 머릿결이 더 살아난답니다. 보세요, 좀 전보다 훨씬 풍성해진 것 같지 않으세요?"

"응, 뭐…… 그렇긴 한데……."

"언니는 얼굴도 예쁘신데, 머리카락 색도 진짜 아름다워요. 인어국에선 붉은색 계열은 보기 어렵거든요."

"아, 그래?"

"네. 아마 파티에 참석하시면 인어들이 다들 선망의 눈으로 쳐다볼 거예요. 물론 인간이 인어들의 행사에 왔다는 것 자체로도 화제의 중심이 되긴 하겠지만요."

왕세자인 퀸이 전설의 인간인 바율 말고도 인간을 여섯 명이나 더 데려왔다는 소식에 진즉부터 여기저기서 수군거리고 아주 난리가 났다. 하기야, 애초에 그들 때문에 해저가 아닌 육지에서 파티를 열게 되었으니 당연히 모를 수가 없었다.

다행이라고 해야 할지는 잘 모르겠지만, 어쨌든 인어들

은 일행 전부를 사람으로 알고 있다고 했다. 애초에 퀸도 일라이와 데스의 정체에 관해서는 동생인 샤를리즈에게만 털어놓았다고 하였다.

"머리엔 이 띠만 두르도록 할게요. 묶는 것보다는 푸시는 게 훨씬 우아해 보이세요."

"내가 우아하다고?"

낯간지러운 칭찬에 라나사가 저도 모르게 미간을 찌푸리자 오히려 샤를리즈가 눈을 동그랗게 떴다.

"네. 혹시 인간 세상에선 그 말에 다른 의미가 있나요? 그렇다면 죄송해요. 저는……."

"아니, 아니야. 내가 보이는 것처럼 그렇게 우아한 사람이 아니라서…… 그래서 그랬어."

사과하는 샤를리즈에게 라나사는 황급히 손을 휘저었다.

"흐음…… 그러면 제가 해 드린 스타일이 마음에 안 드세요? 그렇다면 편히 말씀해 주세요. 다른 시녀를 부르도록 할게요."

"그럴 리가. 아주 마음에 쏙 들어. 그리고 이 이상의 시중은 정중히 사양할게."

라나사는 몸을 단장하는 것을 그리 달가워하지 않았다.

보스트리지 남작의 양녀 시절, 원하지도 않는 화장을 하고 드레스를 갖춰 입은 채 파티에 참석해 인형처럼 억지 미소를 벙긋벙긋 내보이고는 했다. 그때의 기억 때문인지 연회라면 딱 질색이었다.

다만 지금은 친구이자 왕세자인 퀸의 면을 세워 주고자 나름의 인내심을 발휘하는 중이었다.

"달리아도 늘 제가 이렇게 머리를 만져 주곤 해요. 제 자랑 같아서 조금 쑥스럽지만, 그래도 나름 솜씨가 나쁘지 않거든요."

"달리아?"

"네. 제 동생 이름이에요. 오빠랑 저, 달리아. 이렇게 삼남매랍니다."

"그러고 보니 퀸이 동생들이라고 말하긴 했었다. 그런데 그 아이는 어디에 있어? 혹시 오늘 파티에는 안 오는 거야?"

오라비의 귀국 소식을 들었을 동생이 어째서 여태 나타나지 않는지 라나사는 문득 의문이 들었다.

"…달리아는 아버지와 함께 있어요."

"아, 간호 중이구나?"

아버지가 많이 편찮으시다고 했으니 라나사는 당연히 그리 생각했다.

영 틀린 추측은 아니었던 듯, 내내 웃는 낯이던 샤를리즈의 안색이 한순간에 핏기를 잃고 침전했다. 아무래도 몸이 좋지 않은 아버지에 대한 염려 때문인 듯했다.

"그나저나 이 녀석들은 몸단장 잘하고 있으려나 모르겠네!"

분위기를 환기하고자 라나사는 부러 화제를 돌렸다. 안 봐도 제각기 어떤 식으로 치장했을지 눈에 훤했지만, 라나사는 정녕 궁금하다는 듯 몸까지 일으켰다.

"우리 같이 가 볼까? 아, 머리는 다 한 거지?"

"네."

무심결에 대답하는 샤를리즈의 손을 잡고 라나사는 건너편 친구들이 있는 곳으로 서둘러 이동했다.

마침 준비를 끝낸 녀석들은 머리를 맞댄 채 무언가를 진지하게 논의 중이었다.

예상대로 일라이는 머리부터 발끝까지 온통 붉은색으로 도배되어 있었고, 바율과 에이단, 로건은 무난하지만 격식에 맞는 옷차림을 한 상태였다.

"나만 빼고 무슨 심각한 얘기들인데?"

문을 열고 들어서는 라나사와 샤를리즈를 발견한 퀸이 어서 와서 앉으라는 듯 손짓했다.

그는 과연 인어국의 왕세자란 자리에 걸맞게 이제껏 본 적 없는 화려한 복장을 하고 있었다. 한데 그게 또 희한하게 잘 어울려서 라나사는 '역시 왕세자는 왕세자란 건가' 하고 홀로 나직이 중얼거렸다.

"태양의 심장에 관해 말하고 있었어."

"우리 그거 찾으러 온 거잖아."

"오, 그래서? 무슨 단서라도 나온 거야?"

샤를리즈는 따로 무어라 묻지 않고 조용히 제 오라비의 옆에 앉았다. 인어국에 도착한 뒤 퀸이 동생에게 미리 신물에 대해 언질을 준 모양이었다.

"그러면 좋았겠지만, 아직 단서를 찾는 중이야. 무작정 인어국 전체를 돌아다니며 헤맬 수도 없으니까."

"최소한 그게 어떻게 생겼는지라도 알면 더 찾기 쉬웠을 텐데."

"라이, 이사장님께서 다른 말씀은 또 없으셨어?"

"어, 모양까지 고서에 적혀 있지는 않나 봐."

"그럼 지금으로선 라이와 스피넬에게 맡기는 수밖에 방법이 없는 건가? 불의 기운을 가장 잘 읽어 낼 수 있는 건 그 둘이잖아. 물의 나라에서 불의 힘이 느껴지는 곳을 찾아야 한다니, 조금 이상하지만 말이야."

에이단의 말에 친구들이 고개를 끄덕이며 동조할 때였다. 무슨 생각을 하는지 모를 때가 많다던 퀸의 설명대로 여태껏 쭉 입을 다물고 있던 로건이 불쑥 운을 뗐다.

"그걸 역으로 생각하면, 물의 기운이 약하다는 의미 아닌가?"

"…뭐?"

"불과 물은 상극이잖아. 불의 기운이 강한 곳이라면 반대로 물의 힘은 줄었겠지. 아마도 인어들이라면 본능적으로 그런 곳을 꺼릴 것 같은데."

녀석의 말이 끝남과 동시에 퀸의 얼굴에 미묘한 변화가 생겼다.

"오, 말 되네! 태양의 심장이 있는 장소는 불의 기운이 세질 테니, 거부감이 드는 게 당연해. 인어들이 그런 곳을 좋아할 리가 없지."

"가끔 진짜 예리하다니까."

"은근 날카로워."

로건의 지적에 친구들이 놀라는 사이, 퀸과 샤를리즈는 서로를 돌아보았다.

"인어들이 본능적으로 꺼리는 곳……."

"오빠, 거기라면……."

남매의 표정으로 보건대 같은 장소를 떠올리는 게 분명했다.

"어딘데?"

"얼른 말해 봐 봐."

친구들의 채근에 잠시 머뭇거리던 퀸이 이내 툭 내뱉었다.

"바쉐론의 사육장."

"…사육장?"

"숙부가 해양 몬스터들을 길들이는 장소예요. 수질도 탁하고 너무 깊은 곳이라서 인어들도 잘못 들어서면 살아서 돌아오지 못하는 경우가 있다고 들었어요."

"애초에 바쉐론이 거기에 사육장을 차린 이유도 바다 괴물들의 힘이 약해져서란 말을 들었어. 그 틈에 제 소유물로 길을 들인다고 하더군. 물론 인어들은 그가 사육장으로 이용하기 훨씬 전부터 멀리해 왔고. 누가 다칠 일도 없고, 괴물들을 다루기도 쉽고. 한 마디로 최적의 장소인 셈이지."

인어들이 꺼린다는 말을 듣는 순간, 퀸은 바로 사육장이 생각났다. 그러고 보니 왕세자인 그도 가 보지 못한 곳이었다.

"근데 정말로 그곳에 태양의 심장이 있다면 네 숙부도 힘이 약해질 텐데, 사육이 가능할까?"

"그만큼 강하니까요."

퀸 대신 샤를리즈가 설명했다.

"우리나라에서 바쉐론 숙부는 비운의 왕자라고들 말해요. 인어국의 몰락 이후로 태어난 가장 강력한 왕자가 하필이면 차남이라서 왕이 되지 못했으니까요."

"그자가 그렇게 강해?"

"네. 그가 우리를 살려 둔 걸 자비로 여겨야 한다는 말이 공공연히 나돌 정도로요."

"어떤 미친놈이 감히 왕세자와 공주에게 그딴 말을 지껄여? 데리고 와! 내가 전부 작살을 내줄 테니까!"

슬픈 눈빛의 샤를리즈가 라나사의 호언에 비로소 미소를 보였다. 하지만 그마저 진짜 표정이라 보긴 어려웠다.

"괜찮아요. 이젠 익숙해졌거든요."

익숙해질 게 따로 있지, 그런 말에 익숙해지면 어떡하니?

라나사는 목구멍까지 그 말이 차올랐지만, 차마 소리 내어 말할 수는 없었다.

당장 익숙해지지 않는다 한들 무슨 답이 나오는 건 아니었다.

"퀸……."

"다들 그렇게 볼 거 없어. 바쉐론이 운이 없는 건 사실이니까."

"야, 너! 무슨 그런……!"

그러나 이어진 그의 발언은 친구들의 예상을 한참 벗어났다.

"내가 태어났잖아. 난 아버지와 달라. 놈보다 약하지 않다고."

지금까지는 어려서 힘이 없었다. 그러니 누구도 허울뿐인 왕세자의 편에 서려 하지 않았다. 아무에게도 말하지 않았으나 퀸 나름의 외로운 싸움이었다.

하지만 이제 그에겐 대양의 눈이 있었고, 곁엔 친구들까지 함께였다. 숙부가 이전처럼 계속 설치도록 놔두지 않을 것이다.

"놈을 물리치면 다른 인어들은 알아서 꼬리를 말겠지. 너희는 그냥 지켜보기만 해. 내가 어떻게 하는지."

"설마 그 사육장에 혼자 간다는 건 아니지?"

"우리가 너만 보낼 것 같아?"

"거기 진짜로 태양의 심장이 있다면, 손댈 수 있는 건 나뿐이라는 거 명심해라."

"퀸, 절대 그런 생각 하면 안 돼."

퀸은 그저 앞으로의 다짐을 말했을 뿐인데, 친구들은 더럭 겁을 집어먹었다. 행여 녀석이 대양의 눈만 믿고 홀로 사지로 향할까 봐 저마다 잔소리를 해 댔다.

그에 퀸은 피식 웃으며 몸을 일으켰다.

"왜 이렇게 난리야. 그럴 일 없으니까 안심들 하고 일어나. 이제 슬슬 가야지."

과연 시계를 보니 어느새 시간이 훌쩍 지나 연회장에 가야 할 때였다.

똑똑.

약속이라도 한 듯 밖에서 노크 소리가 들리며 하원이 등장했다. 일행은 그가 안내하는 대로 천천히 연회장으로 걸음을 옮겼다. 그 뒤를 데스와 이언이 조용히 따랐다.

그리고 다른 이들에게는 보이지 않았지만, 사대 정령이 바율을 호위하듯 녀석의 머리 위에서 유유히 쫓아오고 있었다.

2.

긴 복도를 지나 파티장으로 입장하기 직전, 거대한 문에 그려진 그림을 본 순간 바율은 그 주인공이 퀸인 줄 착각했다. 그건 친구들도 마찬가지였는지 '어?' 하는 표정으로 그림과 퀸을 번갈아 쳐다보았다.

거기엔 거대한 바다뱀이 똬리를 틀고, 그 위에 왕관을 쓴 푸른 머리칼의 인어가 커다란 꼬리를 과시하듯 앉아 있었다.

「왕세자 저하 드시옵니다!」

「샤를리즈 공주 마마 드시옵니다!」

그러나 그때 마침 문이 반으로 갈라지는 바람에 친구들

의 의문은 더 이어지지 못했다. 흥겹게 새어 나오던 음악 소리가 거짓말처럼 뚝 멈추었고, 안쪽의 모든 시선이 일행에게로 쏠렸다. 정확하게는 바율을 향했다.

당연한 반응이었다.

기다리고 기다렸던 전설의 인간이 마침내 인어국에 나타났으니 그 기분을 어찌 말로 다 설명할 수 있을까.

고요함도 잠시, 이내 여기저기서 탄성이 쏟아졌다. 제 눈으로 직접 보기 전까지는 믿지 못하겠다던 인어들도 바율에게서 느껴지는 엄청난 물의 기운에 벅차 말을 잇지 못했다.

부르르 몸을 떠는 자, 눈물을 훔치는 자, 여전히 얼떨떨함을 지우지 못한 채 바율만 멍하니 응시하는 자 등 제 감정을 표현하는 방식도 제각각이었다. 덕분에 연회장은 그야말로 기쁨과 혼란의 도가니였다.

드디어 쇠망 직전의 조국이 다시 부흥할 수 있게 되었다며, 저들끼리 껴안고 아주 난리가 났다.

아직 인어국을 위해 아무것도 하지 않은 바율이었기에 그런 무조건적인 태도가 부담스러웠지만, 퀸의 당부대로 아무렇지 않은 척했다.

퀸 역시 특유의 무표정한 얼굴과 고고한 자태로 제 자리를 향해 나아갔다. 그제야 바율로 인해 흥분에 겨웠던 인어들이 정신을 차리며 왕세자에 대한 예를 올렸다.

가슴에 손을 얹고 무릎을 굽히는 그 행위는 퀸의 뒤를 따르던 일행에게도 이어졌다. 그들이 지나는 곳마다 존경과 숭배 어린 눈빛들이 어김없이 따라붙었다.

퀸은 단상 위에 마련된 어좌에 앉기 전에 서늘한 빛으로 주위를 한 바퀴 둘러보았다. 그 일련의 동작은 마치 국왕인 아버지를 대신할 수 있는 이는 오직 자신뿐이라고 표출하는 것 같기도 했다.

그런 퀸의 양옆에는 일행을 위한 의자가 마주 보는 형태로 나란히 놓여 있었다. 시녀들의 안내에 따라 한쪽에는 샤를리즈와 바율, 일라이가, 그리고 맞은편에는 라나사와 로건, 에이단이 차례대로 앉았다.

이언과 데스에게도 자리를 권했지만, 그들은 말없이 바율의 뒤에 시립할 뿐이었다. 호위 기사 티를 팍팍 내면서.

「많이들 오셨군요.」

퀸은 조소가 비어져 나오는 것을 가까스로 참아 내며 첫 마디를 뱉었다.

그는 실로 박장대소라도 하고픈 심정이었다. 왕실의 장자로 태어나 왕세자 책봉식까지 정식으로 치렀지만, 여태 누구도 이렇듯 제게 집중했던 적이 없었기 때문이다.

왕족을 향한 최소한의 예의는 차렸을지언정, 늘 그들의 눈에 들어찼던 건 대부분이 무시와 조롱이었다.

특히 그가 제국으로 유학을 가겠다고 했을 땐, 왕세자로서의 자격이니 역량을 운운하며 감히 '폐위'라는 단어도 서슴없이 입에 담고는 했었다.

그런 자신이, 예언 속에 나오는 전설의 인간을 보란 듯이 데려왔다.

과연 지금 저들의 속이 어떠할까.

퀸은 진정 궁금했다.

이 모든 게 그가 아닌 바율 덕이었지만, 퀸은 상관하지 않았다. 바율은 앞으로도 언제든 제 편에 설 것이었고, 그에게는 이전에 없던 대양의 눈도 있었으니까.

「왕세자 저하, 감축드리옵니다.」

가장 먼저 단상 앞으로 다가와 말을 붙인 건 동쪽 해역을 수호하는 동방위주 에스트였다. 그는 사대 방위주 중 그나마 퀸을 왕세자로서 대우해 주던 인물로, 나이가 백오십이 넘은 노장이었다.

「신은 왕세자 저하께서 인간 세상에 나가 계신 것이 이제나저제나 걱정이었는데, 이리 당당히 돌아와 주셔서 얼마나 기쁜지 모르옵니다!」

「동방위주, 그대라도 기뻐하니 다행이군요.」

「……?」

의미를 알 수 없는 대꾸에 에스트가 의아한 기색을 내보일 때였다. 퀸이 좌중을 돌아보며 빙그레 웃더니 과거 이야기를 꺼냈다.

「다들 기억하십니까? 내가 궁을 떠나던 당일. 그때까지도 날 폐위시켜야 한다며 온 나라가 들썩거리지 않았습니까? 물론 나는 일절 신경 쓰지 않았지만요.」

「저, 저하! 그, 그건……!」

「메리디에스, 더듬거리지 마시고 분명히 말씀하세요.」

웅성거리며 당황하는 인어들 사이에서, 돌연 사자의 갈기와도 같은 머리 모양을 한 자가 황급히 튀어나오며 부복했다. 그는 몇 해 전 죽은 제 아비의 뒤를 이어 남방위주가 된 사내였다.

성질이 가볍고 난폭하기로 유명한 그는 왕세자인 퀸 앞에서 함부로 언사를 내뱉던 대표적인 위인이었다. 원래도 버릇이 없었지만, 남방위주가 되고 나서는 더욱 안하무인이 되었던지라 퀸은 언제고 대갚음해 줄 날을 고대하던 차였다.

그런데 아직 본격적인 시작도 안 했건만 알아서 나와 몸을 조아리는 모양새가 웃기기 짝이 없었다. 도둑이 제 발 저린다더니 딱 그 꼴이었다.

「시, 신이 부족하였습니다! 일찍이 미래를 내다보신 왕세자 저하의 혜안을 예측하지 못하고, 당장의 급급함만 좇

다가 그만……!」

「말씀을 끝까지 하세요, 남방위주. 그대가 내게 어찌하였는지, 여기 나의 친구들이 궁금해하지 않습니까.」

퀸은 부러 두 손으로 양측에 앉은 친구들을 가리켰다. 인어국의 언어를 알아듣지 못하는 그들을 위해 일행의 뒤편에선 통역관이 열심히 입을 놀리고 있었다.

때문에 당연히 메리디에스를 향한 친구들의 시선은 좋지 못했다.

"샤를, 저 자식이 우리 퀸 폐위시키자고 했던 거야?"

"감히 어디다 대고! 불화살을 날려 버릴까 보다!"

"방위주라면서 참으로 어이없는 자로군."

"꼬리를 확 잘라 버릴까?"

라나사는 퀸이 허락만 하면 당장이라도 나서겠다는 양 허리에 찬 검집에 손을 얹었다. 그 과격한 행동에 바율이 뭐라 말하기도 전, 로건이 재빨리 손을 뻗어 제 사촌 누나를 말렸다.

목소리가 작아 단상 아래까지 퍼지진 않았지만, 일행이 저들끼리 말을 주고받자 인어들의 웅성거림이 커졌다. 무슨 얘길 하는지 알고 싶은 눈치들이었다.

「주, 죽을죄를 지었사옵니다!」

메리디에스는 환장할 노릇이었다.

왕세자가 전설의 인간을 데려온 것으로도 모자라, 온전한 대양의 눈까지 손에 넣었다는 소식이 지금 온 바다에 파다하게 퍼졌다.

연회장에 퀸과 친구들이 도착하기 전까진 설마 아닐 거라며 애써 부정하던 그는 퀸의 손가락에 끼인 세 개의 반지를 보자마자 자신이 정녕 오늘 살아서 돌아갈 수 있을지를 걱정해야만 했다.

인어라면 누구나 물을 자유자재로 조종할 수 있는 능력을 갖추고 태어나지만, 그 위력의 차이는 각기 달랐다.

일례로 사대 방위주가 한꺼번에 덤벼도 바쉐론 하나를 감당하기 어려웠다.

하지만 대양의 눈을 소유하고 있다면 그깟 바쉐론이 대수이겠는가. 고래로부터 전해진 인어국의 보물인 대양의 눈에게는 아무리 대단한 바쉐론이라 할지라도 별문제가 되지 않으리라.

거기까지 생각한 메리디에스가 지난날 퀸을 업신여겼던 저 자신을 죽을 만큼 원망하던 순간이었다.

「왕세자 저하. 남방위주가 이리도 제 잘못을 빌고 있습니다. 이 좋은 날, 그의 면을 생각해서라도 이제 그만 좀 봐주시는 게 어떻겠습니까?」

고운 미성의 목소리가 일행의 귀를 사로잡았다. 메리디

에스의 뒤쪽에서 웬 아리따운 여인이 미소를 지으며 앞으로 나섰다.

「자벳.」

「서해를 수호하는 서방위주, 자벳. 왕세자 저하께 인사 올립니다.」

여인은 퀸이 호명하자 어디 하나 흠잡을 데 없는 말쑥한 자세로 허리를 굽히며 예를 다했다. 어째선지 그녀를 보는 퀸의 눈길은 메리디에스란 자를 상대할 때보다 더욱 싸늘했다.

"숙부의 여자예요."

샤를리즈의 한마디로 친구들은 녀석의 태도를 바로 이해했다. 친구의 적이니 자연스레 그들의 눈에도 힘이 들어갔다.

「참, 완전한 대양의 눈을 얻으신 것을 진심으로 감축드리옵니다.」

자벳은 다른 인어들처럼 알면서도 모른 척하지 않았다. 방학 때마다 본국으로 돌아왔던 퀸은 항상 하나의 반지만을 착용하고 있었다.

그러나 이번에는 그 손가락에 똑같은 모양의 반지가 두 개 더 있었다. 그걸 그리 드러냈다는 것은, 더는 자신의 힘을 숨기지 않겠다는 의지였다. 상대가 그렇게 나온다면 알아주는 게 인지상정이었다.

「소문이 참 빨리도 났군요.」

「그러길 바라신 게 아니었습니까?」

당돌한 자벳의 물음에 퀸은 그저 비죽 웃기만 했다. 어느 정도는 맞는다는 의미였다.

다만 퀸에게는 그보다 더 큰 바람이 있었다. 바로 이곳에 자리한 인어들이 저를 두려워하는 것이었다. 눈앞의 메리디에스처럼.

그는 유약한 성정의 아버지와는 달랐다. 당연히 자비로운 군주 따위는 될 생각이 조금도 없었다. 그러니 알아서들 납작 엎드리는 편이 좋을 거라는 일종의 경고인 셈이다.

물론 아버지와 자신, 그리고 동생들을 멸시한 그들에게 앙금이 없다면 거짓말이었다. 하지만 그렇다고 단순한 복수심을 위해 이리 행동하는 건 아니었다.

퀸은 추락할 대로 추락한 왕실의 권위를 보다 빠르게 회복하길 원했다. 왕실이 제대로 서야지만 나라도 똑바로 세울 수 있다고 믿기 때문이다. 그러기 위해선 숙부는 물론이고, 그를 따라 왕권을 위협하는 버러지 같은 것들을 속히 치워 버려야만 했다.

「내가 바라는 게 무엇인지 알면 아마 많은 분이 놀라실 겁니다.」

퀸은 대양의 눈을 낀 채 빙빙 돌려 가며 두루뭉술하게 말했다. 그러자 자벳의 아름다운 초록색 눈동자가 돌연 바율에게로 향했다.

「훗. 놀라기 전에, 감히 신이 전설 속 인물께 한 말씀 올려도 되겠습니까?」

「이 녀석에게?」

「예.」

자벳이 자신을 뚫어지게 쳐다보자 바율은 기분이 나빴다. 단순히 그녀가 바쉐론의 사람이라서가 아니라, 왜인지 저를 향한 눈빛이 불결하게 느껴졌기 때문이다. 만약 시선에서도 냄새를 맡을 수 있다면 그녀에게선 악취가 풍길 것 같았다.

「예언에서 이르길, 인어국의 부흥이 그분에게 달려 있다 하였습니다. 과연 듣던 대로 강력한 물의 기운이 느껴지십니다.」

자벳의 목소리가 어느새 높아졌다. 그녀의 말에 공감한다는 듯 인어들이 고개를 끄덕끄덕했다.

「그런데 말입니다.」

저 눈매 때문이었나?

말투는 한없이 정중하나, 눈꼬리가 위로 올라간 것이 간교하기가 이루 말할 수 없다. 바율은 다음 말이 어떤 내용일지 충분히 짐작이 갔다.

「그게 전부는 아니지 않습니까?」

「지금 그 말은…… 확인이 필요하다. 뭐, 그런 뜻입니까?」

자벳은 딱히 무어라 대꾸하지 않았지만, 그 태도 자체가 그렇다고 인정하는 바나 다름없었다. 그녀가 원하는 바는 너무나 분명하고 명료했다. 바율이 정말로 전설의 인간인지 아닌지를 모두가 보는 앞에서 증명해 달라고 감히 청하는 것이었다.

「그대는 여전히 내가 우스운가 보군.」

퀸의 얼굴에 서서히 노기가 피었다.

「나라의 국빈이자, 내 귀한 손님 앞에서 그따위로 건방지게 굴 수 있다니. 겁을 상실한 건가?」

줄곧 존댓말을 사용하던 퀸이 더는 존중할 필요가 없다는 듯 하대를 함과 동시였다. 그를 중심으로 대기가 휘몰아치기 시작했다.

「방금 확인이라고 하셨습니까?」

갑자기 바율이 인어국의 말을 뱉은 그때였다. 녀석의 눈동자는 어느 사이엔가 푸른 빛깔로 변해 있었다. 그리고 그런 바율의 머리 위에는 매우 화가 난 기색의 이노센트가 둥실 떠 있었다.

별안간 허공에 나타난 녀석을 보고 인어들이 비명을 질렀다. 정령을 처음 마주하는 것이니 그럴 만도 했다.

한데 그 정령의 입에서 튀어나온 말은 그들을 더욱 놀라게 하고도 남았다.

「뭘 봐? 물의 정령 처음 보냐?」

사방이 물로 채워진 나라에 와서 한껏 기분이 들떠 있던 이노센트였건만, 퀸을 조롱하는 것을 보고 있자니 짜증이 나다 못해 머리가 돌 지경이었다. 거기에 바율을 향한 저 눈빛도 무척이나 거슬렸다.

「특히 너, 눈 안 깔아?」

어머니가 정령계로 돌아가신 후로 잠잠하던 녀석의 성깔이 드디어 폭발했다. 이노센트가 자벳을 사납게 노려보는가 싶더니, 예고도 없이 엄청난 양의 물 폭탄을 날렸다.

자벳은 자신을 향해 어마어마한 속도로 날아오는 물 폭탄을 보고도 눈 하나 깜짝하지 않았다.

그녀는 무려 인어국의 서쪽 바다를 수호하는 서방위주였다. 그런 만큼 당연히 물을 조종하고 다스리는 능력 역시 뛰어났다.

「귀여운 소녀로군요.」

오죽하면 이노센트를 향해 눈을 찡긋거리는 여유까지 선보였다. 아름답기 그지없는 모습이었지만, 안타깝게도 그 여유는 오래가지 못했다.

「뭐, 뭐야!」

어째선지 제게 다가오는 물 폭탄이 멈추질 않은 것이다. 아무리 기운을 끌어모아도 말을 듣지 않았다. 무언가 잘못되었음을 자각했을 땐 이미 주변이 굉음에 휩싸인 후였다.

콰쾅!

왕성이 무너질 것처럼 흔들렸다. 연회장 전체가 순식간에 자욱한 수증기로 가득 찼다. 그에 불안감을 느낀 인어들이 우왕좌왕하는 순간이었다. 난데없이 일대에 바람이 몰아쳤다.

쑤아앙!

덕분에 시야가 탁 트인 그들 앞에 생경한 장면이 보였다. 파티장 한복판에 거대한 구덩이가 생겨난 것이다.

그 아래엔 서방위주가 얼이 나간 채 꼴사납게 주저앉아 있었다. 그런 그녀의 몸은 홀딱 젖은 상태였다.

갑작스러운 상황에 혼비백산하여 물러났던 인어들이 경악을 금치 못하며 이노센트를 올려다보았다. 낯선 존재의 등장도 등장이지만, 서방위주가 물을 이용한 공격에 전혀 방어하지 못하고 속수무책으로 당했다는 게 그들에겐 그야말로 충격이었다.

과연 이것이 진정한 물의 힘이란 말인가?

정령계가 멸망한 지가 어언 수천 년 전이었다. 당연히 인어들도 정령에 대해 듣기만 했을 뿐, 실제로 본 적은 없었다.

그들이 얼마나 대단하기에 인어국의 존폐까지 좌지우지할 수 있는 거냐며 의문을 갖던 자들도 있었다.

하지만 직접 겪어 보니 정녕 쓸데없는 의심이었다. 다름 아닌 인어국에서 인어를, 그것도 서방위주를 한순간에 저리 불가항력으로 만들었다면 더는 볼 것도 없었다.

정령은 진짜였다.

그리고 그런 그녀가 따르는 이가 바로 눈앞에 있는 전설의 인간이었다.

감히 그런 자의 면전에서 확인이니 무어니 하며 오만하게 군 것은 명백한 자벳의 실수였다. 바쉐론의 권세를 믿고 호가호위한다 싶더라니, 이제 곧 그녀의 세상도 끝날 모양이었다.

「어떤가요. 이만하면 확인이 좀 되셨습니까?」

단상 위에 자리한 바율은 무감한 눈빛으로 자벳을 바라보았다.

하나 그녀는 선뜻 답할 수가 없었다. 저 무해한 시선 너머에서 왠지 모를 잔혹성이 튀어나올 것만 같은 섬뜩한 느낌이 들었기 때문이다.

겉보기에 자벳은 그저 물에 젖은 것 정도가 다였다. 그러나 실상 그녀의 내부는 만신창이라 해도 과언이 아니었다.

온몸이 두들겨 맞은 듯 아픈 것은 둘째 치고, 감각이 제대로 돌아오지 않았다. 일어서고 싶지만, 몸이 말을 듣지 않았다. 축축한 물기 역시 말릴 힘이 없었다.

자벳은 살면서 단 한 번도 지금처럼 제 몸이 통제 불능의 상태가 된 적이 없었기에 더럭 겁이 났다.

「좀 전의 패기는 어디로 간 거지?」

퀸은 굳이 비소를 숨기지 않았다. 그럴 필요성도 느끼지 못했다.

그를 휘감고 있던 분노는 어느새 잦아들어 있었다.

자벳에게는 다행이라 할 수 있을 것이다. 때마침 이노센트가 나서지 않았다면, 그녀는 퀸에 의해 어디 한 군데는 부러지고도 남았을 테니까. 녀석이 그녀를 살린 격이나 마찬가지였다.

경멸 어린 눈으로 자벳을 응시하던 그가 돌연 고개를 들며 좌중을 살폈다.

「다들 잘 보셨습니까?」

퀸은 답을 바라고 물은 것이 아니었다. 그저 자신에게 이목을 집중시켜 다시 한번 무지한 인어들을 일깨우려는 의도였다.

「정령을 과소평가하지 마세요. 우리 인어족이 아무리 물을 자유자재로 다룬다 한들, 물의 정령에 비할 수는 없습니다. 대륙의 자연을 제어하는 그들을 무시했다가는 서방위주와 같은 꼴이 날 거라는 점, 명심하십시오.」

퀸의 말을 요약하면, 같은 물이라도 정령과 일개 인어는 본질 자체가 다르니 함부로 까불지 말라는 뜻이었다.

「이노센트, 내가 대신 사과할게. 그러니 그만 화 풀어.」

퀸의 말투가 확연하게 바뀌었다. 인어들을 상대할 때와는 비교조차 할 수 없을 만큼 부드러운 어조였다.

공중에 뜬 채 여전히 씩씩거리던 이노센트의 표정이 그제야 약간이나마 누그러졌다.

「퀸이 사과를 왜 해? 잘못한 건 저 인어인데! 찢어발기려다가 참았어!」

이노센트가 다시금 물 폭탄이라도 날릴까 봐 두려운지 인어들이 움찔거리며 뒤로 한 걸음씩 물러섰다.

청순가련한 외모에 비해 말도 못 하게 과격한 언사였다. 한데 그게 또 그리 이상하지만은 않게 비친다는 게 불가사의한 일이었다.

「그래도 이노센트가 화가 났잖아. 난 내 친구들이 인어국에서 좋은 일만 겪길 바라거든.」

「실은 나도 그래. 바율과 퀸을 괴롭히는 저런 인어만 없으면 더 좋았을 텐데!」

「이제 다들 몸을 사리겠지. 이노센트가 화나면 어떻게 되는지 알았으니까.」

「고작 이 정도로?」

커다란 눈을 동그랗게 뜨며 되묻는 이노센트는 정녕 의아한 기색이었다. 기실 녀석으로선 버르장머리 없는 인어를 혼내 주려고 아주 살짝 힘을 쓴 게 다였다. 그런데 왜 아직도 저러고 나자빠져 있는지 의문이었다.

그것은 사실 여러 복합적인 요소가 얽히고설킨 결과라고 할 수 있었다.

상급 정령의 신분에, 물이 충만한 장소. 거기에 얼마 전엔 정령계가 멸망하고 유일하게 살아남은 물의 상급 정령인 이베트까지 만났다.

친구들에겐 말하지 않았지만, 그날 이후로 이노센트가 지닌 기운은 더욱 강력해졌다. 어머니와의 만남이 어떤 기폭제가 된 건지는 알 수 없어도, 바율은 녀석에게서 훨씬 진해진 물의 향기를 느낄 수 있었다.

「그보다, 우리나라 말을 할 줄은 몰랐는데.」

「아, 이거?」

이노센트가 어깨를 으쓱였다.

「나도 몰라. 그냥 알아서 들리던데.」

「바율에게도 네가 알려 준 건가?」

퀸이 바율을 힐긋거리며 묻자 이노센트가 고개를 저었다.

「내가 아니야. 전대 물의 정령왕이 그런 거지.」

「역시 그랬군.」

퀸도 바율의 눈동자 색이 바뀌는 걸 목격했다. 지금은 원래대로 돌아왔지만, 어떤 이유로 인해 잠시 그녀가 제 모습을 보였던 것 같았다.

"바율, 너 괜찮은 거지?"

친구들은 바율의 눈 색이 바뀔 때마다 조마조마했다. 행여나 녀석이 다시 기절하지는 않을까 걱정이 되는 탓이다. 최근 꽤 오랫동안 그런 일은 벌어지지 않았지만, 그래도 경험이라는 건 무서웠다.

"라이, 나 멀쩡해. 기억도 또렷하고."

그런 친구들의 심정을 누구보다 잘 알기에 바율은 부러 먼저 말을 꺼냈다.

"그냥…… 인어국에 와서 전대 물의 정령왕의 힘이 좀 더 세진 것 같아. 나도 정확하게는 모르겠지만, 어쨌든 느껴지는 게 그래."

"전대 물의 정령왕도 물의 나라에 온 게 기분이 좋은가 보네."

난 별로인데.

마지막 말은 혼잣말처럼 작게 구시렁거리며 일라이가 입술을 삐죽였다. 태양의 심장을 회수하는 일만 아니었어도 절대 오지 않았을 터였다.

「서방위주. 언제까지 거기서 그러고 있을 겁니까?」

이노센트와 다정히 이야기를 주고받던 퀸이 차갑디차가운 어투로 자벳에게 명령했다.

「정중히 사과하세요. 또 한 번 추태를 보인다면 이번엔 내가 그대를 용서치 않을 겁니다.」

「…소, 송구합니다.」

시간이 흐르면서 자벳의 감각도 서서히 돌아왔다. 그럴수록 그녀의 수치심은 점점 더해졌다. 모두가 보는 앞에서 수모를 당했으니 뺨이 화끈거리다 못해 터질 것 같았다. 이대로 차라리 죽는 게 낫겠단 심정뿐이었다.

「서방위주.」

그녀에게 구원자가 등장한 것은 그때였다. 아까부터 속으로 내내 부르짖던 존재의 목소리가 연회장에 울려 퍼지자 자벳의 얼굴이 단박에 화색으로 물들었다.

반면 인어들은 인상을 굳힌 채 긴장했다. 방금 분명 물의 정령의 위력을 실감했다고는 하나, 바쉐론은 현 인어국의 최고 강자였다.

그가 어떤 식으로 나올지 다들 예측이 안 갔다. 그걸 아는지 어쩐지 그가 자벳을 향해 물었다.

「대체 왕세자 저하께 무슨 잘못을 저질렀기에 이 꼴인

겁니까? 처리할 용무가 있어 파티에 조금 늦었기로서니, 이런 황당한 모습을 볼 거라곤 생각지도 못했습니다.」

바쉐론은 혼자가 아니었다. 그를 마치 호위 기사처럼 따르던 젊은 사내가 구덩이 속으로 성큼 내려서더니 자벳을 일으켜 세웠다.

「오셨습니까, 숙부. 북방위주도 오랜만이로군요.」

「북방을 수호하는 신, 세비르. 왕세자 저하께 인사 올립니다.」

사내는 자벳이 중심을 잡을 수 있게끔 돕고 나서야 퀸에게 예를 갖췄다.

"숙부의 오른팔이에요. 그자가 시키는 건 뭐든 하죠. 한때는…… 오빠의 가장 친한 친구였고요."

샤를은 원망이 담긴 눈길로 세비르를 보며 설명했다.

"저 자식이 퀸의 친구였다고?"

"그럼 친구를 배신했다는 말이야?"

"그것도 숙부한테 붙어?"

"네."

친구들은 누가 먼저랄 것 없이 화들짝 놀라며 퀸을 살폈다. 샤를의 말 때문에 더 그렇게 보이는 건지는 모르겠지만, 그는 오늘 중 제일 서늘한 눈빛을 띠고 있었다.

「왕세자 저하, 말씀 좀 해 보십시오. 이 좋은 날에 이게

다 무슨 일이랍니까?」

「그걸 정말 몰라서 내게 물어보시는 겁니까?」

이 나라에서 정보력으론 따를 자가 없는 숙부였다. 이미 연회장에 들어서기 전부터 자벳이 무슨 짓을 했는지도 알고 있을 게 분명했다.

그런데도 기어이 묻는 의도가 무어냐는 듯 퀸이 턱을 세우자, 바쉐론이 웃으며 대꾸했다.

「이 숙부가 천치도 아닌데, 구태여 아는 것을 번거롭게 왕세자 저하께 여쭙겠습니까?」

「천치 맞는 것 같은데?」

이노센트였다. 퀸의 머리 위에서 다리를 꼰 채 우아한 자태로 떠 있던 그녀가 불쑥 끼어들었다.

「헉!」

「세, 세상에……!」

급하게 숨을 들이켜는 소리가 곳곳에서 들렸다. 세상에서 어느 누가 감히 바쉐론에게 천치라 말할 수 있단 말인가.

그의 분노가 벌써부터 느껴지기라도 한 양 다수의 인어가 슬금슬금 자리를 뜨려 했다. 저 둘이 붙었다가는 왕성이 무너질지도 모른다고 다들 생각했다.

「호오. 물의 정령입니까?」

하지만 모두의 예상을 깨고 바쉐론은 화를 내지 않았다. 되레 미소까지 지으며 이노센트를 올려다보았다. 그런 그의 검은 눈에는 흥미로운 기색이 역력했다.

「이노센트라고 합니다.」

「아아, 그렇군요.」

퀸의 소개에 불현듯 깨달음이라도 얻었다는 듯 그가 고개를 크게 주억였다. 그 모습이 일견 과장되어 보였다.

「이노센트.」

바쉐론이 마치 읊조리듯 녀석을 나직이 불렀다. 그런 그의 음성은 매우 스산하면서도 을씨년스러웠다.

당장이라도 뭔가 큰 사고를 칠 것만 같은 그런 느낌이라고 해야 할까.

그 순간이었다.

조금 전까지 지면에 발을 딛고 있던 그가 순식간에 허공에 있던 이노센트의 앞에 나타났다. 공간 이동이라 착각할 만큼 엄청나게 빠른 속도였다.

그는 거친 숨결을 토해 내며 이노센트에게 경고했다.

「다시는 내 거에 손대지 마세요. 조카님을 생각해서 이번은 그냥 넘어가겠습니다.」

"이노센트!"

바쉐론은 으르렁거릴 뿐, 무력은 전혀 사용하지 않았다.

하지만 그것만으로도 충분히 위협적이었다. 놀란 친구들이 자리를 박차고 일어서며 비명처럼 이노센트를 불렀다.

이게 뭐지?

그때 바율은 바쉐론에게서 이상한 무언가를 감지했다.

익숙한 것 같으면서도 왠지 소름이 돋는 기분.

출처를 알 수 없는 불안감에 바율의 두 눈동자가 잘게 흔들렸다.

「너는 또 뭐야?」

일촉즉발의 상황. 이노센트는 별안간 자신의 코앞에 나타난 바쉐론을 보곤 반듯한 미간을 찌푸렸다.

인어들은 몰랐지만, 녀석은 본래 화난 바율을 빼고는 세상에서 무서울 게 없었다.

더욱이 바쉐론은 첫 만남부터 일행에게 적의를 풍기던 자였다. 모습만 드러내지 않았을 뿐, 사대 정령 모두 그 광경을 고스란히 지켜보았다.

「더러운 냄새 나니까 좀 떨어질래?」

「…뭐?」

「그리고 너야말로 내 거에 함부로 손대지 마! 눈알을 확 파 버리기 전에!」

바율과 퀸이 이노센트의 소유물은 아니었지만, 녀석은 부러 그의 말투를 그대로 따라 하며 경고했다. 그러자 기막힌 표정으로 이노센트를 응시하던 바쉐론이 돌연 파안대소했다.

「핫! 하하하핫!」

그는 진심으로 이 상황이 즐거운 것 같았다. 하나 오히려 그런 모습에 더 공포감을 느끼는지, 인어들의 안색은 갈수록 더 창백해졌다.

「이 씨, 내 말이 웃겨?」

이노센트는 진정 짜증이 났다. 영 마음에 안 드는 인어가 떨어지라는 말은 듣지도 않고 도리어 난데없이 웃어만 대니, 순간 정말로 눈알을 어떻게 해 버릴까 싶은 갈등이 일었다.

하지만 그런 행위는 바율의 허락이 있어야만 했다. 그리고 바율은 절대로 그것을 허락할 리 없었다.

암튼 착해 빠졌다니까.

이노센트가 혼자만의 고민에 휩싸인 그때였다.

「이노센트.」

어느새 웃음기를 지운 바쉐론의 묵직한 목소리가 연회장에 울려 퍼졌다. 그에 겨우 참고 있던 이노센트의 분노가 왈칵 터졌다.

「누가 자꾸 내 이름 멋대로 부르래! 너 같은 놈이 부르라고 바율이 고심해서 지어 준 줄 알아?」

차앙!

벼락과도 같은 물 화살이 바쉐론을 향해 떨어졌다. 날카로움은 말할 것도 없거니와 위에서부터 내리꽂히는 빠르기는 눈으로 좇기 어려울 정도였다.

「예쁜 아가씨가 성깔은 보통이 아니군.」

바쉐론은 자벳처럼 여유만만이었다. 그는 이렇다 할 어떤 방비 태세도 취하지 않았다. 그저 한쪽 손바닥을 슬쩍 위로 들었다는 것 정도가 다였다.

"……!"

바율의 눈동자가 커다래졌다. 바쉐론에게서 느껴지는 기이한 기운에 감각을 곤두세우던 차에, 믿지 못할 풍경이 눈앞에 펼쳐졌기 때문이다.

사아악—

이노센트가 만든 물 화살이 바쉐론의 몸에 닿기 직전이었다. 그건 흡사 얼음이 녹기라도 하듯 형태를 잃은 채 바닥으로 뚝뚝 떨어졌다.

한순간에 이노센트의 공격이 무위로 돌아간 것도 놀랍지만, 그걸 손짓 한 번만으로 가능케 했다는 사실에 바율과 친구들은 경악했다.

놀라지 않는 건 퀸이 유일했다. 녀석은 숙부의 실력에 대해선 익히 잘 알고 있었던 터라 이 정도로 그가 나자빠질 거라고는 아예 생각조차 하지 않았다.

이노센트에게 전력을 다하라는 말을 해 줄 걸 그랬나, 싶은 후회만 뒤늦게 들 뿐이었다.

「어쭈. 제법이네?」

이노센트는 눈썹을 가볍게 한 번 까딱이곤 마치 대견하다는 양 바쉐론을 쳐다보았다. 예전의 그녀라면 약이 올라서 날뛰고도 남았을 테지만, 상급 정령이 된 후로는 나름의 체통(?)을 잘 유지하고 있었다.

「약해 빠진 주제에 재주가 좀 있는걸.」

「대화를 하면 할수록 재미있군. 나에게 약하다고 말하는 상대가 있을 줄이야.」

생전 처음 듣는 말에 바쉐론은 자꾸만 웃음이 비어져 나왔다.

보면 볼수록, 말을 섞으면 섞을수록 마음에 드는 정령이었다.

「과연 물의 정령이다, 그건가.」

바쉐론의 눈가에 슬그머니 탐욕이 들어찼다.

기실 그는 아까부터 느끼고 있었다. 이노센트에게서 뿜어 나오는 청량한 물의 기운을.

이제껏 어떤 바다에서도 느껴 본 적 없는 힘이었다. 정령이 나타난 순간부터 숨통이 확 트이는 게, 존재만으로도 주변의 공기가 달라졌다.

「이거 어디서 많이 보던 눈깔인데?」

이노센트는 바쉐론의 달라진 기색을 기민하게 눈치챘다.

「여기서 정말 거하게 한판 떠?」

저 역겨운 시선을 더는 견디고 싶지 않았다.

"이노센트."

그러나 자신을 부르는 바율의 음성에 그녀는 어쩔 수 없이 물러나야 했다.

「너, 조심해.」

표독한 말투로 나직이 경고한 녀석은 곧 바율에게로 조르르 날아갔다.

「훗.」

끝까지 한마디도 지지 않는 모습이 왠지 더 마음에 들었다. 하나 더 자극했다간 진짜로 저를 싫어할 것 같아서 바쉐론도 순순히 제자리로 돌아갔다.

이노센트가 이미 그를 끔찍하게 여기고 있음을 정녕 모르는 모양이었다.

"다들 이제야 안심하는 얼굴들이야."

바쉐론과 이노센트가 떨어지자 연회장 곳곳에서 안도의 숨을 내뱉는 소리가 일행의 귀에까지 들렸다.

서방위주 자넷을 한 방에 무력화시킨 물의 정령과 인어국 최강의 사내가 싸우면 그 후폭풍은 가히 엄청날 것이었다. 그런 일이 일어나지 않았다는 데 인어들은 진심으로 감사했다.

"아무튼, 이노센트! 잘했어. 욕 한마디 한마디 할 때마다 내 속이 다 시원하더라!"

"인정. 살다 살다 내가 저 꼬맹이를 칭찬하게 될 줄은 몰랐네."

레드 드래곤인 일라이는 첫 대면부터 달갑지 않았던 이노센트를 별로 좋아하지 않았다. 앙숙까지는 아니었지만, 딱히 호감이 있는 사이도 아니었다. 그건 물과 불이라는 서로의 상충되는 속성 때문이기도 했다.

그럼에도 조금 전 상황만은 잘했다며 기꺼이 동의했다. 로건도 같은 생각이라는 듯 고개를 끄덕거렸고, 라나사만이 조금은 아쉬운 기색으로 덧붙였다.

"이노센트, 그래도 이왕이면 다음엔 더 찰진 욕으로 부탁할게. 그 정도로는 왠지 성에 안 차서."

바쉐론이 등장한 순간부터 이를 갈던 라나사는 아직도 속이 부글부글 끓었다. 그녀는 강한 힘을 이용해 약자를 내리누르는 저런 부류를 가장 혐오했다.

라나사가 애초에 기사가 되려던 이유도 그런 놈들에게서 약한 이들을 지켜 주고 싶어서였다.

만월 기사단에 입단하려는 것 역시 같은 맥락이었다. 제국의 제일가는 기사단인 그들은 언제나 약자의 편에 서서 싸웠다.

란데르트 공작과 바쉐론.

둘은 각 나라의 강자라는 타이틀은 동일하지만, 그 행보는 판이했다. 우습게도 바쉐론의 작태는 라나사로 하여금 만월 기사단에 들어가야겠다는 의지를 더욱 확고하게 만들어 주었다.

"바율, 화난 거 아니지?"

얌전히 내려앉은 이노센트가 바율의 눈치를 살폈다. 감정을 공유하는 사이인지라 바율의 심경이라면 바로 알 수 있는 그녀였지만, 그런데도 굳이 물은 건 뭔가 조금 이상했던 탓이다.

분명 저를 향한 눈빛은 평소와 같은데, 분위기가 무겁기 그지없었다.

"아니야, 그런 거."

그렇게 말하면서도 바율의 표정은 쉬이 풀어지지 않았다.

조금 전 바쉐론에게서 느꼈던 기운이 여전히 신경이 쓰였다. 의아한 건 지금은 더는 그 기운이 느껴지지 않는다는 사실이었다.

대체 그게 뭐였는지 자세히 알아볼 필요성이 있었다.

「자, 그럼 다 같이 축배를 들어 볼까요?」

파티는 이미 엉망이 되었는데, 바쉐론은 그렇게 생각하지 않는 것 같았다.

그의 한마디에 멈추었던 음악이 다시 시작되었고, 새로운 술과 음식들이 즉시 일행의 앞에 차려졌다. 이 와중에도 바율의 뒤에 서 있던 데스는 눈동자를 빛내며 그것들을 좇았다.

"후. 조금 전 일은 잊어버리고, 다들 맛있게 먹어."

퀸은 맘 같아서는 연회고 뭐고 당장 다 끝내고 싶은 심정이었다. 그러나 친구들 때문에 참았다.

소란이 있긴 했어도, 어쨌든 그들을 환영하기 위해 마련된 자리였다. 그러니만큼 지금부터라도 제대로 대접하고 싶었다.

"조금 있으면 아마 인어들이 차례대로 인사하러 올 거예요."

그러니 드실 수 있을 때 드시라며 샤를이 친절하게 일러주었다.

바쉐론 일당으로 인해 식욕이 사라진 일행이었지만, 저들을 위해 정성스레 차려진 음식을 모른 척하는 것도 예의는 아니었다. 그래서 저마다 포크를 들고 음식을 먹는 시늉이라도 했다.

물론 데스는 예외였다. 잠시 호위 기사란 명분을 내려놓고 자리를 잡은 그는 열심히 이거저거 골고루 맛을 보았다. 끝도 없이 들어가는 그의 위장에 친구들은 새삼 경의를 표하지 않을 수 없었다.

그래도 상황이 상황인지라 그래도 잘 먹는 게 어디냐 싶기도 했다.

그렇게 얼마나 지났을까.

과연 그들 곁으로 인어들이 슬금슬금 몰려들었다. 자벳과 세비르에게 무언가를 지시하던 바쉐론도 그중 한 명이었다.

왕국의 실세답게 그가 가장 앞으로 나서며 입을 열었다.

「왕세자 저하, 예언에서 말한 바율 님을 뵙고자 이렇듯 많은 인어가 찾아왔습니다. 감히 소개를 부탁드려도 되겠습니까?」

「물론입니다.」

퀸이 마시던 물을 탁자 위로 천천히 내려놓은 뒤 일어섰다.

이미 바율이 누구이고, 그의 능력이 어떤지 역시 모두가 보는 앞에서 증명했다. 하나 그래도 정식 절차는 남아 있었다.

「여긴 나의 친우이자, 예언에 등장하는 전설 속 인물 바율이라고 합니다. 앞으로 어디서든 마주친다면 나를 대하듯 하십시오. 함께 온 다른 친구들 역시 마찬가지입니다.

이들은 내가 먼 타지에서 유일하게 의지하며 지냈던 나의 소중한 벗입니다.」

「소중한 벗이라……! 왕세자 저하께서 그리 말씀하시니 숙부인 제가 이제야 마음이 놓이는군요.」

바쉐론이 흘깃 누군가를 바라보았다. 다분히 의도적인 태도였다. 그를 따라 시선을 옮기던 이들의 눈에 북방위주가 들어왔다.

퀸의 가장 절친했던 친구였다는 사내. 그가 꼿꼿이 허리를 편 채 무심히 서 있었다.

「왕세자 저하께서 북방위주를 아끼시는 것도 모르고 그간 제가 여간 부려 먹지 않았습니까. 한데 어찌나 능력이 출중한지, 다시 보내고 싶어도 그럴 수가 없었습니다.」

「굳이 그러실 필요 없습니다. 내가 그 없이는 일을 처리하지도 못할 만큼 무능하지는 않으니.」

「그러시다면 다행이고요.」

음흉한 미소를 짓던 바쉐론의 눈길이 어느덧 바율에게로 닿았다.

"어떻습니까, 우리 인어국에 오신 소감이? 먼 곳까지 오느라 힘들진 않으셨습니까?"

그는 바율을 배려해선지 제국어를 사용했다.

"즐거운 여정이었습니다."

"로콱스가 애교가 많은 녀석이지요."

하고많은 이야기 중 로콱스의 이름을 콕 짚어 일컬었다. 카르텔을 죽인 것에 대한 앙금이 남은 게 분명한 어조였다.

"귀한 손님이신데, 이 인어국 내에서 원하는 것이 있다면 무엇이든 주저 말고 말씀 주세요. 왕실의 어른으로서 가능한 한 뭐든 다 해 드리겠습니다."

"뭐든지 다 말입니까?"

"그럼요."

바쉐론이 로콱스를 먼저 거론했기 때문일까.

바율은 받아치듯 말을 꺼냈다.

"그러고 보니 많은 해양 몬스터들을 거느리고 계신다고 들었습니다. 일전에 보았던, 카르텔과 같은 것들 말입니다."

"…그런 데에 관심이 있는지는 몰랐군요."

"그들을 직접 사육하신다고 하던데……."

바율의 말이 아직 끝나기도 전이거늘, 바쉐론의 눈에 미묘한 일렁임이 생겼다. 말은 그리했지만, 역시 사육장을 공개하는 것은 싫은 기색이었다.

"그냥 좀 궁금했습니다. 그런 거대한 생명체를 어떤 식으로 사육하시는지. 직접 보고 싶었지만, 아무래도 곤란하신 듯하니 그냥 못 들은 걸로 해주십시오."

"아닙니다. 곤란할 게 무에 있겠습니까?"

'곤란'이라는 단어가 꽤 마음에 들지 않았는지, 바쉐론이 언제 그랬냐는 듯 반색하며 말했다.

"바율 님이 원하신다면 기꺼이 해 드려야지요. 언제가 좋으시겠습니까?"

"저는 내일 당장이라도 가능합니다."

기다렸다는 듯 바율이 냉큼 대꾸하자 바쉐론은 웃으며 고개를 끄덕였다.

"알겠습니다. 준비를 서둘러야겠군요. 워낙 누추한 곳이라서 말이지요."

그 누추한 곳에 태양의 심장이 있을 수도 있었다. 어쩌면 바쉐론에게서 느껴지던 기묘한 기운의 정체도 알 수 있을지 모른다.

바율은 기쁜 내색을 애써 감추며 어서 내일이 빨리 왔으면 좋겠다고 조용히 답했다.

Chapter 6.
물과 불

1.

"야, 바율! 너 때문에 아까 깜짝 놀랐잖아! 갑자기 덜컥 사육장에 데려가 달라고 해서 내 심장이 다 철렁했다고!"

"진짜 너 간도 크다! 그러다 우리가 신물 노리고 여기 온 거, 퀸 숙부가 눈치채면 어쩌려고 그러냐? 가만 보면 은근 겁이 없다니까!"

연회가 끝나고 숙소로 돌아오자마자 일라이와 에이단이 바율을 붙잡은 채 호들갑을 떨었다.

태양의 심장이 정말로 그의 사육장에 있다면, 그걸 일라이가 거두는 순간 그곳은 그야말로 초토화가 될 터였다. 당연히 바쉐론이 그것을 두고 볼 리 없었다.

"눈치 좀 채면 어때? 어차피 우리가 이기는 싸움 아닌가?"

바쉐론에 대한 라나사의 반감은 이미 최고치를 경신했다. 그녀는 신물도 신물이지만, 그를 빨리 처단하고 싶었다.

"우리가 지진 않겠지."

로건은 라나사의 말에 긍정하며 덧붙였다.

"하지만 무턱대고 전쟁을 일으켰다간 인어국에 큰 피해를 줄 수도 있어. 아무 죄도 없는 선량한 인어들을 다치게 하면 안 되잖아."

퀸은 이번 기회에 썩을 대로 썩은 나라를 정상으로 돌려놓길 원했다. 그 과정이 결코 순탄치만은 않겠지만, 친구들은 그를 도와 반드시 그렇게 만들 결심이었다.

"내가 사육장을 구경시켜 달라고 한 건 그 이유 때문이기도 해."

"…뭐?"

바율의 뜻밖의 발언에 친구들이 일제히 그를 돌아보았다.

"거긴 인어들도 가길 꺼리는 곳이라며. 만약 바쉐론과 싸우게 된다면, 사육장이야말로 가장 적합한 장소가 아닐까? 피해를 최소화하려면 말이야."

"듣고 보니 그게 또 그러네."

"바율, 너…… 거기까지 생각한 거였어?"

퀸이 감동한 눈빛으로 저를 바라보자 바율은 작게 미소 지어 주었다. 그리곤 문득 떠올랐다는 듯 연회장에서의 기이했던 점에 대해서도 털어놓았다.

"아직 말하지 않은 게 하나 더 있는데…… 바쉐론, 그자에게서 뭔가 느껴졌어."

"느끼다니? 뭘?"

"나도 그게 정확히 어떤 건지를 모르겠어. 그냥, 그가 이노센트에게 다가갔을 때 별안간 머리털이 쭈뼛 서는 게…… 이질감이라고 해야 할까? 왠지 인어국과는 어울리지 않는…… 특이하면서도 불길한 기분이었어."

"설마 전처럼 마족이나 천족이 개입한 거 아니야?"

친구들의 시선이 자연스레 데스에게로 향했다. 그는 소파에 비스듬히 기대앉아 두둑해진 배를 아주 만족스러운 얼굴로 쓰다듬던 중이었다.

"갑자기 나는 왜 봐?"

데스가 한심하다는 듯 쯧쯧 혀를 찼다.

"뭔가 이상했으면 내가 진즉에 말했을 거라곤 생각 못 하나? 너희 전부 수석이라며."

"그 말씀은, 마계나 천계 쪽과 관련이 있지는 않다는 겁니까?"

"하긴. 마계 총사령관이 마족의 기운을 몰라봤다면 그거야말로 말이 안 되지."

"하지만 천족은 기운을 잘 숨긴다고 했잖아. 엘레오스 때처럼 바쉐론 몸속에 어떤 놈이 들어가 있으면 어떡할 건데?"

"그놈은 팔찌 때문에 가능했던 거고. 특수한 상황이었던 셈이지."

원래 지척에만 있다면 천족이든 마족이든 데스의 눈을 피하긴 어려웠다. 다만 엘레오스는 신분을 감춰 주는 태고의 신물 덕에 스스로를 철저하게 감출 수 있던 것이다. 물론 그것도 엘라룸으로 인해 전부 들통이 났지만.

"그럼 뭐지? 그 둘이 아니면 대체 정체가 뭐야? 바율이 엉뚱한 걸 느끼지는 않았을 텐데."

"나도 그걸 확인하고 싶어. 그래서 말인데, 사육장에 가면 그 비밀을 풀 수도 있지 않을까?"

"거기에서?"

"태양의 심장이 진짜로 그곳에 있으면, 그리고 우리가 그걸 찾아내면 뭔가 답이 나올 것 같거든."

확실한 것은 아무것도 없었다. 아직은 모든 게 그저 막연한 기대일 뿐이었다.

"그런데, 퀸. 아까부터 좀 의아해서 묻는 건데."

무언가를 생각하듯 내내 심각한 표정이던 로건이 불쑥 입을 열자 친구들은 긴장했다. 이번에는 또 어떤 말로 핵심을 찌를 것인지 다들 궁금한 기색들이었다.

"이제 바쉐론도 네게 대양의 눈이 있다는 걸 알게 됐잖아. 한데 왜 그에게선 아무런 두려움이 안 보이는 걸까? 신물이 네게 있는 이상, 아무리 그가 강하다고 해도 널 이길 수 없는 거 아니었어?"

"그놈이 뭐가 강해! 완전 약골인데!"

연회장에서의 분이 덜 풀렸는지, 돌연 이노센트가 끼어들며 버럭 소리쳤다. 제 공격이 실패로 돌아갔을 땐 여유롭게 대처하는 것 같더니만, 역시나 뒤끝이 남은 모양이었다.

"이노센트, 네 마음은 알겠는데 그래도 말은 바로 하자. 그자가 약골은 아니지. 인어국에서 최고로 강한 인어라잖아. 그래서 우리가 지금 골치가 아픈 거고."

하필이면 그런 자가 퀸의 숙부라는 사실에 에이단은 새삼 마음이 답답했다.

"아니라니까!"

평소 자신을 예뻐해 주던 에이단에겐 늘 친절하게 굴던 녀석이었다. 하지만 오늘만큼은 제아무리 에이단이라고 해도 봐주지 않을 생각인지, 이노센트가 두 눈을 치뜨며 항변했다.

"내가 본 인어 중 그놈 기운이 제일 탁했다고!"

"…기운이 탁하다니?"

이제껏 들어 보지 못한 이야기에 바율의 귀가 쫑긋 세워졌다. 그건 퀸도 마찬가지였다.

녀석이 물의 힘에 대해 얘기할 때는 주로 기운이 강하다든가 약하다든가 하는 식이었지, 이런 경우는 처음이었다.

"냄새도 더러워 죽겠어! 인어들은 전부 퀸처럼 맑고 청아한 향기가 나는 줄 알았는데, 그놈한테서는 불결한 냄새가 풍겼다고!"

"냄새? 아, 그러고 보니……."

분명 이노센트는 그에게 그런 뉘앙스로 말을 했었다.

"이노센트, 너 아까 연회장에서 그자에게 더러운 냄새 난다고 떨어지라고 하던 말, 진심이었던 거야?"

"난 거짓말 안 하거든!"

이노센트가 오해받았다고 여겼는지 뾰로통한 표정을 지었다. 퍽 억울해 보이는 얼굴이었다.

바율은 저도 모르게 툭 내뱉었다.

"아무래도 태양의 심장 때문인 것 같아."

"갑자기 뭔 말이냐?"

"그게 사육장에 있든 어디에 있든, 바쉐론에게 어떤 영향을 끼친 게 틀림없어."

확신에 찬 바율의 말이 계속 이어졌다.

"생각해 봐. 태양의 심장은 불의 기운을 품고 있긴 하지만, 어쨌든 신물 중 하나야. 만약 바쉐론이 그걸 가까이 두었다면 그 힘이 흡수될 수도 있지 않았을까?"

"물론 그럴 가능성은 있겠지. 근데 정말 그랬다면 오히려 지금처럼 강해질 수 없는 거 아닌가?"

"맞아. 인어잖아. 물과 불은 반대의 성질인데, 어떻게 인어국의 최고 강자가 될 수 있었겠어? 바율, 안타깝지만 그 추리는 틀린 것 같은데."

"아니, 틀리지 않았어."

이번엔 퀸이었다. 이노센트에게서 바쉐론의 기운이 탁하다는 소리를 들었을 때부터 홀로 생각에 잠겼던 그가 돌연 바율의 의견에 동조했다.

"이노센트는 물의 정령이야. 그 자체로 물인 녀석이니 인어들보다 보는 눈이 그만큼 정확하겠지."

"그래서?"

"탁하다는 건 곧, 기운이 흐려졌다는 거야. 뭔가 섞였다는 거지. 그럴 수 있는 이유가 뭐가 있겠어?"

"…반대 성질인 불밖에 없다?"

"바쉐론은 애초부터 강한 물의 기운을 타고났어. 그러니 탁해지긴 했어도 신물의 힘에 잠식당하지 않은 거겠지. 오히려 그 반작용으로 인어들을 더 쉽게 제압하고, 해양 괴물들도 사육한 것 같아."

여태 퀸은 제 숙부가 물의 기운이 너무나 강력해서 지금의 위치에 올랐다고만 여겼다.

그러나 이노센트의 말을 듣는 순간 불현듯 또 다른 가능성을 떠올렸다.

"그러니까 네 요지는, 바쉐론 그자가 물과 불의 힘을 동시에 지니고 있다는 거야?"

"아마도."

"그게 가능하다고? 아무리 그래도 인어인데."

"태고의 신물에 저마다 어떤 힘이 담겨 있는지는 우리도 아직 잘 모르잖아. 사실 모르는 점이 훨씬 더 많지. 그러니 충분히 그럴 수도 있다고 생각해."

"대양의 눈을 보고도 꿈쩍하지 않은 이유도 그래서인가?"

"근데 라이, 그러면 넌 뭐 못 느꼈냐?"

"응?"

에이단의 느닷없는 질문에 일라이가 눈을 동그랗게 떴다.

"불의 기운 말이야. 그거, 너도 느낄 수 있는 거 아니야? 아직 해츨링이라서 거기까진 무린가?"

"글쎄…… 여긴 온통 물 천지라서 그런 생각 자체를 아예 안 했는데. 내일 만나면 눈여겨봐야겠는걸."

"숙부에게 불의 기운이 있다고 해서, 그게 물보다 강하진 않을 거야. 어쨌든 네가 말한 대로 그도 인어니까. 그러니 라이가 충분히 모를 수 있어."

"그럼 스피넬은? 녀석은 불의 정령이잖아."

바율은 문득 실내의 구석진 곳을 응시했다. 거기엔 스피넬이 미간을 잔뜩 우그린 채 불만 어린 얼굴로 서 있었다.

녀석은 인어국에 온 이후로 내내 저기압 상태였다. 셰임이 간간이 위로의 말을 건넸지만 나아지는 건 아주 잠시일 뿐, 곧 본래대로 돌아갔다.

"스피넬도 라이와 비슷한 입장 같아."

내일 바쉐론의 사육장에 가면 가장 바쁘게 움직여야 할 건 일라이와 스피넬이었다. 불을 본체로 하는 둘이 심해 한가운데에서 애쓰는 모습을 떠올리자니 바율은 갑자기 안쓰러웠다.

오죽하면 어서 인어국 일을 마무리 짓고 자이아 탄광에 가고 싶을 정도였다.

'그곳이라면 둘이 제일 신나 하겠지. 반대로 이노센트는 질색하겠지만.'

"아무튼, 결론은 내일 가 보면 알겠네."

이러니저러니 해도 결국 모두 추론일 뿐이었다. 정작 기대했던 사육장에 태양의 심장이 없을 수도 있었다. 그땐 다른 대책을 강구해야만 했다.

"우선 오늘은 쉬도록 해. 이후 계획은 사육장에 다녀오고 나서 다시 이야기하자."

첫날부터 친구들을 너무 혹사시킨 것 같아 퀸은 뒤늦은 미안함이 몰려들었다.

"여기엔 하원을 제외하고 내 허락 없이는 아무도 들어오지 못하게 했으니 안심해도 될 거야."

"하원이라면, 그 중년 아저씨?"

"응, 필요한 거 있으면 문 열고 말해. 그가 앞에서 대기하고 있을 테니."

퀸은 더 일러 줄 것이 없나 주위를 둘러보다가 이내 일어섰다.

"네 방은 어디야? 혹시 너도 해저로 내려가는 거냐?"

"그럼 우리도 따라가서 구경하면 안 될까?"

사실 왕성의 해저 부분이 어떻게 생겼는지 친구들은 매우 궁금했다. 심지어 그건 물을 싫어하는 일라이도 같은 심정이었다.

그러나 퀸의 한마디에 다들 그 마음을 접어야만 했다.

"그건 다음에. 아버지와 동생을 보러 가야 해서."

"아, 참. 아직 인사도 못 드렸지."

도착하자마자 연회장에 불려 가는 바람에 시간이 없었

다. 한순간에 어둡게 변한 퀸의 안색에 친구들도 덩달아 굳어졌다.

"그, 달리아라고 했던가?"

분위기를 바꿔 보고자 라나사는 부러 퀸의 막내 여동생 얘기를 꺼냈다.

"샤를 보고 나니까 달리아도 엄청 보고 싶다! 너와 달리 굉장히 귀여울 것 같거든."

"그래, 퀸. 우린 언제쯤 아버지와 네 동생에게 보여 줄 거냐?"

"…그건 안 될 것 같아."

"……?"

"아버지는 혹시 모르지만, 달리아는 본인이 원하지 않을 거야."

"원하지 않는다니? 왜?"

생각지도 못한 대꾸였다.

"혹시 너희…… 사이가 좀 안 좋냐?"

"아니, 대체 얼마나 안 좋길래……."

"그건 아니야. 달리아는 내게 누구보다 소중하고 예쁜 동생이야."

퀸은 친구들의 오해를 단박에 잘라 냈다.

"나중에…… 나중에 말해 줄게."

그건 내게도 마음의 준비가 필요하거든.

문을 나서기 전, 퀸은 친구들을 향해 애써 미소를 지어 보였다.

하지만 아무도 그에 화답할 수 없었다. 분명 녀석은 웃고 있는데, 어째선지 우는 것만 같았기 때문이다.

그래서 차마 붙잡고 묻지를 못했다.

싱숭생숭해진 바율과 친구들은 날이 밝을 때까지 거의 뜬눈으로 밤을 지새울 수밖에 없었다.

2.

이른 아침, 퀸이 조금은 핼쑥해진 얼굴로 다시금 친구들을 찾아왔다.

그의 등장과 함께 일행을 위한 아침 식사가 성대하게 차려졌지만, 다들 입맛이 없는지 먹는 둥 마는 둥 했다.

물론 데스의 식욕은 여전했다. 하지만 그도 가라앉은 분위기를 감지한 탓인지 조용히 먹는 데만 집중했다.

그렇게 묘한 상태 속에서 식사를 끝낸 친구들은 본격적으로 이동하기 위해 채비를 마쳤다.

"오빠, 조심해야 해."

바쉐론의 사육장으로 가는 방법은 역시나 로쾩스를 타는 것이었다. 녀석과 헤어졌던 왕성의 후편에 도착했을 땐 이미 샤를리즈가 그들을 기다리고 있었다.

"걱정하지 말라니까. 아무 일 없이 무사히 돌아올 거라고 약속했잖아."

"그래도 거긴……."

"샤를."

불안에 떠는 동생의 양어깨에 손을 얹으며 퀸이 시선을 맞췄다.

"네가 뭘 염려하는지 알아. 바쉐론이 너를…… 달리아를…… 우리 가족을 그렇게 만들었지."

한때는 퀸도 그가 진심으로 두려웠다. 숙부가 제 앞에서 동생들과 아버지를 죽이는 꿈을 수도 없이 반복해서 꾸곤 했었다.

그러나 이제는 상황이 달라졌다. 그에겐 태양의 눈이 있었고, 무엇보다 함께 싸워 줄 든든한 친구들이 곁에 있었다.

바쉐론의 강함은 자신 역시 인정하는 바지만, 그도 곧 알게 되리라. 본인이 지는 싸움도 있을 수 있다는 걸. 세상엔 그보다 강자도 존재한다는 사실을.

"넌 아버지와 달리아만 생각해. 옆에서 절대 떨어지지

말고 지켜. 알겠지?"

"…응. 그럴게. 시키는 대로 할게. 그러니까 오빠도 무리하면 안 돼."

"그래. 너만 믿는다."

퀸은 부러 환하게 웃으며 자신과 똑 닮은 샤를리즈의 머리칼을 장난스레 흐트러뜨렸다. 덕분에 조금은 환기된 느낌이었지만, 무거운 공기를 완전히 지울 순 없었다.

"부디 몸조심하세요."

샤를리즈가 돌아서며 친구들에게도 당부했다. 그걸 보고 있자니 에이단은 속에서 천불이 올라왔다.

대관절 숙부라는 작자가 무슨 짓을 어찌했기에 샤를리즈가 이토록 겁을 먹는 건지, 열이 훅 뻗칠 지경이었다.

하지만 그런 감정을 드러냈다간 도리어 걱정만 배가시킬 것이다. 에이단은 퀸이 그러했듯 억지로나마 웃으며 씩씩하게 대꾸했다.

"우리가 좋은 소식 갖고 돌아올게! 별로 늦진 않을 거야. 그렇지, 얘들아?"

"당연하지. 아마 같이 점심도 먹을 수 있을걸?"

"맞아. 그나저나 이따가 돌아오면 빗질 좀 부탁해도 될까? 내가 영 손재주가 없어서 그런가, 머리가 이 모양이네."

라나사는 제 머리카락을 손가락으로 꼬며 샤를리즈에게

도움을 청했다. 기실 머리 모양이 어떠하든 아무 상관도 없었지만, 잠시라도 그녀의 관심이 다른 데로 쏠리면 마음이 조금이라도 나아지지 않을까 싶었기 때문이다.

과연 샤를리즈의 표정이 한결 편안해지는 듯하더니, 곧 고개를 끄덕였다.

"그럼요. 제가 도움이 된다면 언제든지 해 드릴게요."

"헤헤, 고마워."

"그럼 그만 가 볼까?"

퀸의 말이 끝남과 동시였다.

쏴아아아!

언제부터 대기하고 있었던 건지, 별안간 로콱스의 거대한 머리가 수면 위로 솟구쳤다. 그 덕에 바닷물도 함께 상승해 친구들을 적신 건 말할 것도 없었다.

"로콱스!"

에이단과 라나사가 반가움에 물에 젖는 것도 아랑곳하지 않고 녀석에게로 뛰어갔다. 녀석도 그런 둘이 반가웠는지 커다란 눈을 깜박이며 그르릉 기분 좋게 울어 댔다.

"아 씨, 또 젖었잖아!"

그런 반면 일라이는 인상을 쓰며 투덜거렸다.

"저 녀석을 또 타고 가야 한다니. 신물을 빨리 찾든가 해야지, 원."

아무리 로콱스의 비늘 안쪽이 안락하다고 해도, 수중으로 들어간다는 건 레드 드래곤인 일라이에겐 꺼림칙한 일이었다. 이 상황을 하루빨리 타개하기 위해선 서둘러 태양의 심장을 찾는 길밖엔 없었다.

"로콱스, 이번에도 잘 부탁할게."

바율은 지난번과 달리 용기를 내 녀석의 비늘을 쓰다듬어 보고는, 부드러운 깃털이 자리한 안쪽으로 입장했다. 살아있는 뱀을 탄다는 건 여전히 신기했다. 그래도 나름 두 번째 경험이라고 처음처럼 떨리지는 않았다.

데스와 이언에 이어 마지막으로 퀸까지 탑승하자 로콱스가 홀로 남은 샤를리즈에게 다녀오겠다는 듯 인사했다.

「너도 조심해, 로콱스.」

로콱스는 숙부에게 사육당하지 않은 몇 안 되는 해양 몬스터였다. 아마 녀석은 모르겠지만, 그런 로콱스의 존재는 그들 남매에게 엄청난 위안이 돼 주곤 하였다.

샤를리즈의 당부를 알아들었다는 양 로콱스가 머리를 기우뚱 숙이더니, 곧 망설임 없이 바닷속으로 잠수했다.

「저희도 다녀오겠습니다.」

비욘을 비롯한 퀸의 호위대가 그 뒤를 따라 몸을 날렸다.

3.

"근데 퀸, 네 숙부의 사육장은 여기서 얼마나 더 가야 해?"

"거리는 제법 멀지만, 그래도 지금 속도면 금방 도착할 거야."

로콱스는 매우 빠르게 헤엄치는 중이었다. 그럼에도 불구하고 승선감이 일반 배와는 차원이 달랐다. 얼마나 흔들림이 없는지, 그냥 제자리에 서 있는 거라고 해도 믿을 수 있는 수준이었다. 전에도 느끼긴 했지만, 일행들로선 새삼 놀라웠다.

"거기에선 해양 괴물들의 힘이 약해진다며. 로콱스는 괜찮은 거냐?"

"숙부의 사육장이라면 녀석에게도 이미 익숙한 곳이야."

"익숙하다니? 왜?"

"꽤 여러 번 잡혔으니까."

"뭐어?"

에이단과 라나사가 동시에 꽥 소리를 지르는 바람에 귀청이 따가웠다. 그에 일라이가 한마디 하려는데, 녀석들의 말이 더 빨랐다.

"설마 그 자식이 로콱스를 억지로 길들이려고 그랬던 거냐?"

"와, 진짜 죽일 놈이네!"

"가만히 둬서는 안 되겠는데?"

"어떻게 감히 우리 귀여운 로콱스에게……!"

둘은 마치 제 일처럼 양 주먹을 그러쥔 채 부들부들 몸까지 떨었다. 정녕 눈앞에 바쉐론이 있다면 달려들고도 남을 태세였다.

"그래도 장하다. 몇 번이나 그걸 이겨 내고 탈출한 거잖아."

"완전 대견하네."

"역시 로콱스야."

"한 번 꽉 안아 주고 싶다."

에이단과 라나사는 비늘 안쪽의 벽을 소중한 보물이라도 대하듯 조심스럽게 매만졌다. 구석에 있던 일라이가 그걸 보고 어이없다는 듯 혀를 찼지만, 다행히 둘은 듣지 못한 눈치였다.

"어릴 땐 상처투성이가 되어서 돌아오곤 했어. 그때마다 녀석을 치료하느라 나도 퍽 피곤했지."

"네 치료 능력이 로콱스에게도 통하는 거구나?"

"물론이야. 생명은 다 똑같으니까."

그래서 퀸 역시 몸이 성할 날이 없었다.

"근데 나중에 알았지. 숙부가 일부러 그랬다는 걸."

"일부러?"

"응. 내게 상처를 입히고 싶었던 거야."

"…그러니까, 뭐야. 네가 로콱스를 치료할 거란 사실을 알고, 고의로 녀석을 잡아다가 그따위 짓거리를 해 댔단 거냐?"

"내 몸에 직접 손을 댈 수 없으니, 다른 수를 낸 거지. 그래서 녀석에겐 늘 미안해."

로콱스에 대한 바쉐론의 집착은 녀석이 끝까지 굴복하지 않아서이기도 하지만, 퀸을 괴롭히고 싶은 욕망 때문이기도 했다.

"그런 표정들 지을 것 없어. 그것도 아주 어릴 때나 가능했지, 지금은 통하지 않으니까."

이제 로콱스는 바쉐론이 가장 아끼는 카르텔도 무찌르고 먹이로 삼을 만큼 강한 녀석이 되었다.

"예전엔 로콱스가 왜 숙부가 아닌 나를 선택했을까 하고 의문을 품은 적이 있었어. 근데 이제는 왜 그랬는지 알 것 같아."

"그야 당연히 네가 좋은 녀석이니까 그런 거겠지!"

"나라도 널 택했을 거다."

에이단과 일라이는 누가 먼저랄 것도 없이 반사적으로 외쳤다. 그러자 퀸이 피식거리며 말했다.

"홋, 너희 둘 입에서 그런 말이 나올 줄은 몰랐는걸."

그들은 만날 퀸을 보고 피도 눈물도 없는 독한 녀석이라고 놀리곤 했다. 속마음이야 그렇지 않았지만, 적어도 겉으로는 항상 그런 식이었다.

그걸 퀸이 콕 집어내자 다소 민망해졌는지 에이단은 큼큼거리며 시선을 돌렸고, 일라이는 갑자기 팔을 주무르며 딴청을 피웠다.

"여하튼, 어제 그 이유를 알아냈어. 로퐉스는 숙부에게서 탁한 기운을 읽어 낸 거야. 씨 서펜트는 맑은 물에서만 사는 몬스터거든."

"아, 그래?"

"물론 나와 감정이 통하기도 했고 말이야."

퀸의 치료 능력은 남의 고통을 제 것으로 가져와서 낫게 하는 방식이었다. 그러다 보면 자연스레 서로가 교감할 수밖에 없었다.

"태양의 심장은 분명 사육장에 있어. 그게 어떤 모양인지, 구체적으로 사육장 내 어디에 있는지는 몰라도 확실해."

어제까지만 해도 가능성을 따지던 퀸이 하루 사이에 확신에 찬 말투로 얘기하자 친구들은 의아했다.

"밤새 조사를 좀 해 봤거든."

"조사?"

"어, 숙부의 사육장에 드나드는 소수의 인어에 대해서. 거긴 다들 꺼려서 잘 안 가기도 하거니와, 가고 싶어도 그의 영역이라 사전에 출입을 허가한 자들만 오갈 수 있는 곳이거든. 그래서 살피기가 어렵지 않았어. 그런데, 그들이 전부 어떻게 되었는지 알아?"

퀸이 잠도 안 자고 찾아본 건 인어들의 사망 기록에 대해 정리해 둔 명부였다. 인어의 출생이 줄면서 자연스레 인구수에 민감하게 된 인어국은 인어가 사망할 시 원인 규명을 위해 자세히 기록을 해야만 했다.

"죽었어."

"…죽었다니. 설마 거길 오가던 인어들이 전부?"

"응. 현재 출입이 가능한 몇몇 인어만 빼면 모조리 싹다. 그것도 열병을 앓다가 시름시름 기운을 잃었다고 하더군."

"인어도 열병에 걸리나?"

"흔하진 않아."

"근데 하필 사육장을 드나들던 인어들이 몽땅 열병으로 죽었다는 거네?"

"확실히 수상한데."

"수하들은 그렇게 죽어 나가는데 그자만 멀쩡하다는 게

난 더 소름 끼친다. 얼마나 강하면 인어국이 쇠망하는 데 일조했다던 태양의 심장을 이겨 낼 수 있는 거지?"

"글쎄. 물의 기운이 강력해서 어떤 식으로든 중화시킨 게 아닐까 싶어."

"중화?"

"어떻게 보면 숙부 역시 약해진 거야. 근데 그에게 생긴 불의 힘이 인어들에게 작용하는 바람에, 상대적으로 그가 더욱 강해 보이게 된 셈이지."

"아, 인어들이 지닌 물의 속성 때문에?"

어제도 이처럼 이야기를 나눴지만, 무언가 뜬구름을 잡는 듯했다. 하지만 오늘은 퀸의 조리 있는 설명 덕택인지 이해가 빠르게 되었다.

"일단 내 추론은 그래. 사육장에 도착하면 제대로 알 수 있겠지."

퀸이 돌연 지긋한 눈빛으로 일라이를 바라보았다.

"그러기 위해선 라이, 네 능력이 절대적으로 필요해. 힘 들겠지만, 잘 좀 살펴 줘."

"…누가 안 한다고 했냐? 왜 병든 닭 같은 눈을 하고 쳐다보는데?"

"정중히 부탁하는 거야. 신물을 흡수하는 건 네가 아니면 안 되잖아."

"안 어울리게 왜 이래? 너 지금 동정심 유발하냐?"

늘 꼿꼿하던 녀석이 먼저 숙이고 들어오자 일라이는 괜히 더 짜증이 났다.

"야, 넌 그냥 하던 대로 뻔뻔하게 굴어! 그렇게 봐도 하나도 안 불쌍해!"

"라이……."

"아, 몰라. 도착할 때까지 나 건드리지 마."

일라이는 그렇게 쏘아붙이고는 아예 눈을 감고 철퍼덕 누워 버렸다.

그로부터 얼마 후, 로콰스의 이동 속도가 점점 더뎌지는가 싶더니 어느 순간 움직임을 뚝 멈추었다.

사육장에 도착했음을 알리는 신호였다.

Chapter 7.
바쉐론의 사육장

1.

"이노센트, 부탁할게."

바율의 말이 끝남과 동시였다. 로쾩스의 비늘이 올라가고 일행의 눈앞으로 탁한 심해의 풍경이 펼쳐졌다. 퀸에게서 미리 듣기는 했지만, 사육장의 수질은 그야말로 최악이었다.

수중에 떠다니는 정체 모를 부유물은 둘째 치고, 바로 코앞이 아니라면 아무것도 보이지 않을 만큼 시야가 어두웠다. 이런 곳에서 어떻게 해양 생명체들을 길들인다는 것인지 믿기 어려울 정도였다.

"나가자."

친구 중 누구도 선뜻 발을 떼지 못하자 퀸이 먼저 나섰다. 그의 하반신은 여전히 꼬리가 아닌 인간의 다리 형태를 하고 있었다.

"이노센트, 고마워."

"에헴, 이쯤이야."

퀸이 해저로 발을 들이며 고마움을 표시하자 이노센트가 어깨를 으쓱이더니 쓱 하고 저만치 앞서 날아갔다.

아닌 게 아니라 심해 한복판에 거대한 터널형의 물방울이 생겨났다. 덕분에 로콕스의 비늘이 열리고도 안으로 물이 들어차지 않았고, 숨을 쉬는데도 전혀 지장이 없었다.

"윽, 너무 싫어. 더러운 냄새가 가득한 곳이야."

이노센트는 주위를 한 바퀴 빙 둘러보더니 낯을 있는 대로 찌푸렸다.

"어제 그 재수 없는 인어처럼."

바쉐론을 떠올리자 짜증이라도 난 것인지, 이노센트의 얼굴이 더욱 일그러졌다.

하지만 녀석은 그런 와중에도 본분을 잊지 않았다. 바율과 친구들에게 어서 나오라는 듯 눈짓하고는 가볍게 손을 한번 휘저었다.

"허억!"

그 순간, 용기 있게 밖으로 나서던 일행은 다 같이 약속이라도 한 듯 얼어붙었다. 일순간에 놀랍도록 깨끗해진 수질 때문이 아니었다.

흐릿하던 시야가 보란 듯이 탁 트이자 드러난 건, 이름도 알 수 없는 수많은 해양 몬스터들이었다. 물리적으로 거리는 제법 떨어져 있었으나, 그것들은 전부 이쪽을 주시하고 있었다.

"뭐, 뭐냐…… 하나같이 이상하게 생긴 저것들은!"

"숙부가 키우는 놈들이야."

"사육장이라면서? 근데 저렇게 풀어놓고 있어도 돼? 뭐, 줄로 묶어 두기라도 해야 하는 거 아닌가?"

번뜩이는 눈알들이 꼭 당장이라도 공격해 들어올 것만 같은 분위기였다. 그에 친구들이 걸음을 망설이자 퀸이 덤덤하게 말했다.

"이미 길들인 녀석들이니까. 그래도 저 정도 숫자면 우릴 환영하기 위해 일부러 불러 모은 것 같긴 해."

"기선 제압 같은 건가?"

"글쎄. 과시욕일 수도 있겠지."

그의 숙부라면 어느 쪽이든 어울릴 법했다.

"아무튼, 걱정하지 말고 나와. 저것들은 어차피 우리 근처에도 오지 못할 테니."

"하긴. 잠시 깜박했다. 네게 대양의 눈이 있는데 저런 게 상대될 리가 없지."

"아니. 로콱스 때문이야."

"로콱스?"

"씨 서펜트가 괜히 심해의 왕으로 불리는 줄 알아? 저것들이 떼로 덤벼도 로콱스 하나를 못 이겨. 자세히 봐. 녀석들 대부분이 이미 겁먹은 상태라고."

"퀸의 말대로야. 다들 여길 벗어나고 싶어 해."

테이머인 에이단이 그 말을 듣고 찬찬히 살펴보니, 과연 그랬다. 거대한 크기며 징그러운 생김새 탓에 일견 사납게 보이지만, 그들은 분명 무언가를 두려워하고 있었다.

"역시 로콱스가 짱이었어."

라나사는 마치 자기 일처럼 뿌듯해했다. 다른 친구들도 굳이 무어라 말은 안 했지만, 로콱스가 퀸의 편이라는 사실에 새삼 안도하는 기색이었다.

"저쪽인 것 같네."

일행이 모두 해저로 내려서자 퀸이 어딘가를 가리켰다. 바위를 겹겹이 쌓아서 만든, 탑처럼 생긴 구조물이었다. 그곳에서부터 환한 빛이 새어 나왔다.

퀸도 처음 오는 장소였지만, 왜인지 저 안에 숙부가 있을 거라는 확신이 들었다.

"이거, 혹시 터지는 건 아니겠지?"

에이단은 걸어가다 돌연 손가락으로 물 벽을 톡 건드렸다. 그러자 손가락 모양 그대로 벽이 바깥을 향해 쏙 말려 들어갔다. 그에 녀석이 놀라며 폴짝 뛰었지만, 다행히 안으로 물이 들이치지는 않았다.

"삐욕!"

"응, 잉그리드. 미안."

녀석의 정수리에서 잉그리드가 조심하라는 듯 울어 대자 에이단이 재빨리 깃털을 쓰다듬으며 사과했다.

"라이, 어때? 뭐 느껴지는 거 있어?"

바율은 일라이에게 물으며 눈으로는 불의 정령인 스피넬을 살폈다.

정령들은 물속에서도 자유로운 이동이 가능했지만, 생경한 환경 탓인지 이노센트를 빼고는 전부 터널 속에서 바율과 함께 있는 쪽을 택했다.

"잘 모르겠어."

일라이는 사육장에 도착한 이후로 내내 고개를 갸웃거렸다. 그리고 그건 스피넬도 마찬가지였다. 이제껏 줄곧 불편한 내색만 비치던 스피넬이 미간을 모은 채 아리송한 표정을 짓고 있었다.

"이걸 뭐라고 설명해야 하나."

일라이가 머리를 긁적거리며 스피넬을 바라보았다. 둘이

어떤 대화를 나누지는 않았지만, 눈빛으로 보건대 같은 것을 느낀 듯했다.

"뭔가 있긴 해."

"진짜? 어디에?"

"바다 밑입니다."

반색하며 묻는 친구들에게 답한 건 스피넬이었다. 그녀가 꽤 심각한 말투로 바율에게 고했다.

"바다 밑?"

"네."

"정확히 어느 쪽을 말하는 거야?"

"여기 엄청 넓은데."

그들이 서 있는 곳은 면적이 얼마나 될지 가늠조차 할 수 없을 만큼 광활했다. 그나마 이노센트가 주변을 정화해서 망정이지, 일대가 눈에 다 들어오지도 않았다. 바율과 친구들이 채근하듯 묻자 스피넬이 주저하다가 말을 이었다.

"그게, 좀…… 헷갈립니다."

"헷갈리다니?"

"어디 한 지점이라고 콕 찍어서 말하기가 어려운 거지."

"맞습니다. 근방인 듯하다가도 아닌 것 같고…… 그냥 이 지대 자체가 다 수상합니다."

"이 지대 자체가 다? 뭐야, 무슨 조각이라도 난 건가?"

"조각?"

갑작스러운 라나사의 발언에 모두가 그녀를 돌아보았다.

"응. 어쩌면 태양의 심장이란 게 파편처럼 부서져서 땅에 박혀 있을지도 모르잖아. 물론 태고의 신물이 깨질 수도 있다면 말이지."

"신물이 부서진다는 건 좀 말이 안 되지 않나?"

"인어국이 쇠망하는 데 일조까지 할 정도로 강력한 물건인데, 그건 아닌 거 같아."

"아무래도 사육장 전체를 다 뒤져 봐야겠어. 그게 제일 확실할 것 같아."

그러려면 바쉐론의 눈을 피해 몰래 움직여야만 했다. 그라면 일행이 도착했다는 사실을 이미 알고 있을 터, 아마도 기회를 봐서 일라이 혼자만 빠져나와야 할 것이다.

"스피넬이 도와주기야 하겠지만…… 라이 너, 괜찮겠어?"

"놈의 수하들이 너를 죽이려고 들 수도 있잖아."

"저 괴물들이 한꺼번에 덤빌 수도 있고."

"이미 그런 거 다 각오하고 온 거 아니었냐? 새삼스럽게 걱정은."

물속에서 움직여야 한다는 건 여전히 불쾌했지만, 일라이는 자신 있었다.

"그리고 너희들이 자꾸 깜박하는 것 같은데, 나 드래곤이야. 내 브레스 한 방이면 여기 바로 초토화할 수 있거든?"

일라이의 힘을 감추기 위해 라예가르가 걸어 두었던 봉인은 이미 풀린 상태였다. 아직 이백 살도 채 되지 못한 헤츨링이지만, 녀석은 레드와 레드의 조합으로 탄생한 최초의 드래곤이었다.

경험의 부족은 있을 수 있을지언정, 지닌 바 능력은 웬만한 성룡을 능가하고도 남았다.

"너야말로 너무 자만하는 거 아니냐? 사방팔방이 전부 물로 가득한 곳이잖아. 내 생각엔 브레스고 뭐고 치직 하고 꺼질 것 같구먼."

"뭐어? 치직?"

일라이가 대번에 인상을 구기며 에이단을 쏘아보았다.

"브레스가 무슨 촛불인 줄 아냐? 치직이라니!"

"아니, 난 표현을 그냥 그렇게 한 거지. 브레스를 비하하려고 했던 건 아니야. 오해하지 마!"

에이단은 일라이가 발광하기 전에 서둘러 변명했다. 보아하니 본인도 말하자마자 아차 싶었던 듯했다.

"너, 말조심해. 내가 이번만 넘어가는 거다."

때가 때이니만큼 일라이도 더는 뭐라 하지 않고 애써

속을 가라앉혔다. 그러나 에이단을 향한 뾰족한 눈빛만큼은 다음에 또 걸리면 가만두지 않겠다는 기세를 풀풀 풍겼다.

「왕세자 저하, 오셨습니까.」

그렇게 투덜거리며 터널을 걷다 보니 어느새 낯익은 인물 하나가 나타났다.

세비르라고 했던가.

북방위주이자 바쉐론의 오른팔이라던 퀸의 옛 친구. 그가 허리를 깊게 숙이며 일행을 맞이했다.

이노센트의 허락이 있었는지, 그 역시 터널 속에 들어와 있었다.

「북방위주도 있었군요.」

당연히 그럴 거라 예상했지만, 퀸은 미처 몰랐다는 양 무심한 말투로 그의 인사를 받았다.

「숙부에게로 안내하세요.」

「…….」

「내 말 듣지 못했습니까?」

퀸의 눈꼬리가 까끄름하게 쓸려 올라갔다. 그답지 않은 태도였기 때문이다. 그는 단 한 번도 이토록 제 앞에서 머뭇거렸던 적이 없었다.

「북방위주. 그새 귀가 먹기라도 했습니까?」

퀸은 비아냥거리며 재차 물었다. 한데 그런 북방위주의 입에서 나온 말은 진정 그의 예상을 한참 벗어났다.

「그냥 돌아가시면 안 됩니까?」

「…뭐?」

퀸은 지금 자신이 무슨 소리를 들었는지 이해가 잘 안 갔다. 여길 오기 위해 만반의 준비를 하고 왔건만, 이게 무슨 얼토당토않은 대응인지 어이가 없었다.

「숙부의 뜻은 아닌 것 같은데.」

「여긴 왕세자 저하께서 계실 만한 곳이 못 됩니다. 자칫하다간 옥체가 상하실 수도 있습니다.」

「이건 또 무슨 개수작이지?」

급기야 퀸의 미간에 작은 빗금이 그어졌다. 우습게도 이런 말을 하는 상대에게서 저를 향한 염려가 느껴졌다.

착각도 유분수지.

미치지 않고서야 저 자식이 날 걱정할 리가 없잖아.

갑작스레 떠오르는 옛 기억에 퀸은 입술을 앙다물며 주먹을 그러쥐었다. 믿었던 친구에게 철저하게 배신당했던 그 날만 생각하면 여전히 피가 거꾸로 솟는 듯한 기분이었다.

「여기선 아무도 바쉐론 님을 당할 수 없습니다.」

「그래?」

「왕세자 저하께선 사육장이 처음이라 모르실 테지만, 이 곳에 한 번이라도 와 본 인어라면 다들 알고 있습니다. 보통의 인어들은 제대로 힘을 쓰질 못합니다.」

「그런데 내 숙부만은 멀쩡하다?」

역시 추론대로 태양의 심장의 영향인 것일까.

「그분께서 전설의 인간이라고 봐주실 분이 아니라는 거, 왕세자 저하께서도 아실 겁니다.」

세비르의 시선이 잠시 바율에게 닿았다가 멀어졌다.

「그러니 제발 돌아가십시오. 이곳은 위험합니다.」

「핫. 정말 웃기지도 않는군.」

퀸의 입가에 절로 비소가 그려졌다.

「세비르, 내 친구들이 들으면 네가 진짜로 날 걱정이라도 하는 줄 오해하겠어. 나조차 순간 그렇게 믿을 뻔했지 뭐야.」

「왕세자 저하, 신은…….」

「닥치고 안내나 해. 너 따위와 말 섞는 것조차 역겨우니까.」

「저하…… 크윽!」

예고도 없이 물로 만든 화살이 세비르의 어깨를 스치고 날아갔다. 그의 신형이 충격으로 잠깐 휘청거렸지만, 쓰러질 정도는 아니었다.

「나도 봐주는 건 여기까지다. 다음번엔 네 꼬리를 내놓아야 할 거야.」

퀸의 명백한 분노 앞에 세비르는 질끈 눈을 감았다. 자신은 절대 옛 친우를 말릴 수 없다는 걸 뼈저리게 실감하는 순간이었다.

「…모시겠습니다.」

결국 세비르가 한쪽으로 물러나며 공손히 앞을 가리켰다. 싸늘한 퀸의 표정을 본 친구들은 아무 말 없이 서로 눈빛만 교환하며 발을 옮겼다.

그가 이끄는 대로 터널을 지나온 일행 앞에 곧 커다란 공터가 나타났다.

바쉐론은 그곳의 중앙에 있었다.

불그스름한 빛이 감도는 검은 꼬리를 당당히 드러낸 채, 마치 어서 오라는 듯 여유롭게 웃고 있었다.

"꼬리가……."

"뭐가 저렇게 커?"

인어의 모습을 한 바쉐론은 인간형일 때와는 분위기가 사뭇 달랐다. 원래도 좌중을 압도하는 편이긴 했지만, 유달리 큰 꼬리 탓인지 새삼 위압감이 상당했다.

퀸도 그렇고, 인어는 역시 뭍이 아닌 물에서 그 존재감이 한층 강하게 드러나는 듯했다.

"검은색 꼬리가 왠지 사악해 보이지 않냐?"

"실실 쪼개는 것도 재수 없어."

"저 여유가 사라지면 어떤 표정을 지을지 문득 궁금해지네."

일행은 터널 안, 상대는 바깥쪽에 있었다. 당연히 이쪽의 소리가 전달될 리 없다고 여긴 친구들은 저마다 불퉁하게 한마디씩 내뱉었다.

"이노센트. 싫겠지만 저자도 이 공간에 들어오는 걸 허락해 주겠어?"

인어들은 물속에서 서로의 생각을 전달하며 이야기를 주고받는다. 하지만 바율과 친구들은 인어가 아니었기에 대화를 나누기 위해선 바쉐론이 터널 속으로 들어와야만 했다.

출발에 앞서 이노센트에게 미리 허락을 구하긴 했어도, 퀸은 정중하게 다시 한번 물었다.

"쳇. 알았어."

면상을 마주하는 것만으로도 짜증을 일게 하는 자였다. 마음 같아선 물 따귀를 온몸에 날려 주고 싶었지만, 이노센트는 마지못해 퀸의 청을 들어주었다.

태양의 심장을 찾기 전까지만 이야.

그리고 나선 안 봐줄 거라고.

바쉐론을 노려보는 녀석의 두 눈에서 일순 살기가 끓어 올랐다.

"호오, 심해 한가운데에 이런 공간도 만들어 내다니. 물의 정령의 능력은 참으로 신비롭군."

서서히 다가와 제 몸을 휘감는 물의 장막을 바쉐론은 정녕 신기하다는 듯 쳐다보았다. 그의 꼬리는 터널 안으로 들어오자마자 다리로 바뀌었다.

"인간의 몸으로 내 사육장에 어찌 구경을 온다는 것인지 내심 궁금했는데, 이런 방법이 있었군요."

바쉐론은 생각지도 못했다는 듯 연신 감탄을 터뜨렸다.

"그런데, 이 장벽이 터지면 어떻게 되는 겁니까?"

"······!"

그의 입가엔 여전히 미소가 가득했지만, 눈빛만큼은 자못 매서웠다. 정색하듯 묻는 그 질문에 한순간 터널 속이 긴장감에 휩싸였다.

바쉐론은 조금 전 에이단이 그랬듯 한 손을 들어 물 벽을 톡톡 건드리고 있었다.

여기는 심해 한복판이었고, 에이단과 로건, 라나사, 그리고 이언은 물속에서는 견딜 수 없는 평범한 인간이었다. 단순히 숨을 쉬지 못할 뿐 아니라, 밀려드는 수압도 이겨 내지 못할 거라는 뜻이었다.

그걸 결코 모르지 않으면서 이렇듯 묻는다는 건 참으로 고약하고도 괴팍한 심사가 아닐 수 없었다. 더욱이 퀸에게 들은 바대로라면, 그는 정말로 제 호기심을 해결하기 위해 서슴없이 행동으로 옮기고도 남을 위인이었다.

"궁금하시면 터뜨려 보시든가요. 다만 그 이후에 제가 어떤 행동을 할지는 저도 책임지지 못 합니다."

퀸조차 입을 다물고 있는 그때, 호기롭게 나선 건 바율이었다. 그답지 않은 공격적인 말투에 친구들이 재빨리 눈을 살폈으나 다행히 본래의 색을 띠고 있었다.

"흐음. 그저 농담 좀 했을 뿐인데, 심기가 거슬렸던 모양입니다."

"지나친 농담은 취향이 아니라서 말입니다."

"아, 내가 지나쳤나요?"

"저를 믿고 함께 온 친구들입니다. 함부로 대하지 말아 주시길 바랍니다."

인어국에 온 건 퀸을 위해서지만, 사육장은 또 달랐다. 물의 정령인 이노센트와 정령사인 자신이 있기에 안심하고 따라온 것이다.

저만 건드렸다면 참을 수도 있었다. 하지만 친구들의 생명을 위협할 만한 행동을 농이랍시고 지껄이는 건 용납할 수 없었다.

"불쾌했다면 사과드리죠."

바쉐론은 어깨를 한 번 으쓱이더니 쉽게 사과를 건넸다. 물론 진심은 조금도 느껴지지 않았다.

"자, 그럼 기분 전환이라도 할 겸 분위기를 좀 바꿔 볼까요?"

그가 빙그레 웃더니 손으로 일행의 우측을 가리켰다.

"중한 손님을 이런 누추한 곳까지 초대했으니, 볼거리라도 있어야 하지 않겠습니까?"

무심결에 바쉐론을 따라 고개를 튼 일행의 눈에 비친 건 탁한 바닷물이었다. 이노센트가 거기까지 정화하진 않았기에 무엇이 있는지 전혀 보이지 않았다.

'뭘 보여 주겠다는 거야?'

'이상한 짓거리 하려는 거 아니야?'

'그랬다간 봐.'

'꼬리를 확 잘라 버려야지.'

친구들이 각자 속으로 구시렁거리던 순간이었다. 어두웠던 심해에 별안간 빛이 번쩍했다.

이윽고 그들 앞에 나타난 건 거대한 크기를 자랑하는 두 마리의 해양 몬스터였다. 빛은 그 주변을 둘러싼 무언가에서 뿜어져 나오고 있었다.

"저거 설마…… 상어냐?"

두 놈 중 제자리를 빙빙 도는 물고기의 등에는 상어처럼 뾰족한 지느러미가 솟아 있었다. 꼬리 부근에 난 수백 개의 가시와 크기만 아니라면 일반 상어와 별반 다르지 않았다.

"그 옆에 둥둥 떠 있는 건 새우 같은데?"

아카데미 식당에서 꽤 자주 반찬으로 나오는 음식 중 하나가 바로 새우 요리였다. 로건과 라나사는 알레르기가 있어서 먹지 못하지만, 나머지 친구들은 꽤 좋아하는 메뉴 중 하나였다.

"여긴 뭐가 다 저렇게 커?"

"좀 무섭다."

"맛은 어떨지 궁금하군."

경악하는 친구들 사이에서 데스만이 홀로 조용히 입맛을 다셨다. 그나마 다행인 건 에이단의 큰 목소리에 그의 중얼거림이 묻혔다는 점이었다.

"근데 지금 설마…… 저 둘을 싸우게 하려는 겁니까?"

갑자기 등장한 해양 괴물을 보고 넋이 빠져 있던 에이단의 머릿속으로 느닷없이 두려움에 물든 강한 사념들이 전해졌다.

양쪽 모두 서로 싸우고 싶어 하지 않다. 불안감에 떠는 저들은 한시라도 빨리 사육장을 벗어나고픈 심정으로 가득했다.

"이렇게 재미난 구경거리가 또 어디 있겠습니까? 내 괜찮은 놈들로 친히 준비했으니 부디 기꺼운 마음으로 즐겨 주시길 바랍니다."

이런 걸 보자고 여길 온 게 아니었다. 해양 동물을 사육하는 장소이니 당연히 그들과 마주칠 거라고 예상은 했지만, 지금과 같은 잔인한 장면을 목도하게 될 줄은 몰랐다.

"저희는……."

거절의 말을 꺼내기도 전이었다.

바쉐론이 어떤 신호를 보냈는지, 거리를 둔 채 방어 태세만 취하던 녀석들이 돌연 서로에게 달려들었다.

"윽."

괴이한 소리가 일행의 고막을 들쑤셨다. 어느 한쪽이, 아니면 양쪽 모두가 부상을 입었는지 금세 바닷물이 뻘겋게 번져 갔다. 격한 움직임 탓에 물보라가 일었지만, 터널 안까지 그 영향이 미치지는 못했다.

"어떻습니까? 살기 위해 몸부림을 치는 행위가 퍽 갸륵하지 않습니까?"

바쉐론은 진심으로 그리 느끼는 듯 환하게 웃음을 지었다. 그런 그의 눈동자가 비스듬하게 퀸에게로 이어졌다. 마치 다음 차례는 너라는 듯이.

"세상살이가 험난하기는 지상이나 이 바닷속이나 다 비

숫비슷하지요. 동물이라고 다르지 않습니다. 오로지 강자만이 진정한 자유를 누리는 법입니다."

퀸은 그 말을 고대로 돌려주고 싶었다. 강자만이 진정한 자유를 누릴 수 있다면, 그거야말로 숙부가 아닌 자신이라고.

하나 그는 애써 그런 마음을 꾹 눌러 참았다. 오늘의 목적은 태양의 심장을 찾는 것이었기 때문이다. 되도록 숙부를 자극하지 않는 편이 현재 퀸이 할 수 있는 최선이었다.

"그러고 보니, 여기가 인어들이 싫어하는 곳이라지요?"

되레 울컥한 건 바율이었다. 겉으로는 혈투를 벌이고 있는 해양 괴물에 대해 말하는 양 굴었지만, 실상은 조카를 향한 협박이었다. 어떤 식으로든 퀸을 도발하고픈 못된 심보임이 틀림없었다.

"이유가 특이하던데……."

바율은 부러 그의 관심을 제게로 돌렸다. 마침 밖에서 일어난 싸움 때문인지 일대가 소란스러웠다. 일라이와 스피넬이 신물을 찾기엔 지금이 적기였다.

"하루 사이에 많은 것을 알아내신 듯합니다."

"알아냈다기보다, 그냥 알게 되었습니다. 그러다가 어째서 하필 이곳에선 인어와 해양 몬스터들의 힘이 약해지는지에 대해 궁금증이 생겼고요."

"우리 인어국의 불가사의한 점 중 하나가 바로 그거랍니다. 수질이 탁한 것 말고는 별다른 게 없는 장소인데 말이죠."

"정말 다른 점이 수질뿐이라고 확신하십니까?"

"그것 말고 뭐가 또 있을 거란 뜻입니까?"

바쉐론의 한쪽 눈썹이 위로 들렸다 내려왔다. 아무래도 바율이 전설의 인간이니 뭔가 아는 듯한 그의 말이 신경 쓰이는 눈치였다.

그러나 바쉐론에게 태양의 심장에 대해 곧이곧대로 말할 순 없었다. 바율은 순진한 눈망울로 그를 올려다보며 대답했다.

"저도 궁금하여 물은 것입니다. 조금 전에 도착한 제가 뭘 알겠습니까."

"…하긴 그도 그렇겠군요."

바율이 의도적으로 '조금 전'이란 단어를 강조하자 바쉐론의 눈매도 이내 풀어졌다. 그러한 태도로 보아 태양의 심장에 대해 아는 바는 전혀 없는 듯했다.

"한데 바쉐론 님은 정녕 괜찮으신 겁니까? 다른 인어들은 제대로 힘을 쓰지 못한다고 들어서 말입니다."

"그게 참 묘하지요? 어째서 내게는 아무 영향이 없는지, 내가 더 알고 싶은 부분입니다."

"신기하면서도 기이한 일이네요."

"하지만 어찌 되었든 참으로 다행이지요. 아, 누군가에
겐 불행이긴 하겠지만. 하하하!"

자신만만하게 웃어 대는 바쉐론에게 틈이 생긴 것은 그
때였다. 기회만 엿보고 있던 일라이는 그 찰나를 놓치지 않
았다.

바율이 계속해서 바쉐론에게 말을 걸 때, 녀석은 잽싸게
공간 이동 마법을 시전했다. 마법으로 미리 제 모습과 똑같
은 형상을 만들어 두었기에 친구들조차 눈치채지 못했다.

"그런데 말입니다."

그렇게 십여 분 정도가 지난 후쯤이었다. 바율과 얘기를
나누던 바쉐론이 갑자기 친구들을 향해 돌아섰다.

설마 일라이의 부재를 알아차린 것인가?

바율이 내심 덜컹하는 순간, 그가 다른 친구들을 보며 물
었다.

"어째서 갑옷을 입고 있는 겁니까?"

"…예?"

"설마 내가 여기서 누굴 해치기라도 할까 봐 대비라도
한 건가요?"

바쉐론의 시선은 라나사와 로건, 에이단에 이르러 멈췄
다. 정확히는 그들이 입고 있는, 오리하르콘으로 제작된 갑
옷이었다.

태양의 신물을 회수하는 도중에 발생할지 모르는 만일의 사태를 대비해서 입고 온 것인데, 그게 이제야 그의 시야에 잡힌 모양이었다.

"저 밖의 몬스터들 때문이에요."

살짝 당황하긴 했지만 라나사는 티 내지 않고 재빠르게 대꾸했다.

"혹시 모르잖아요? 놈들이 우리한테 덤빌지도."

"훗. 그래서 갑옷을 챙겨 입었다? 심해 한복판에서?"

"무게라면 걱정하지 마세요. 그저 그런 갑옷은 아니라서요."

"오리하르콘을 보고 그저 그렇다고 말할 순 없겠지."

라나사와 친구들의 눈이 동그래졌다. 그가 한눈에 오리하르콘을 알아볼 줄은 몰랐기 때문이다.

"…보는 눈이 있는 편이시네요."

"모든 면에서 예민한 편이지."

바쉐론의 눈가가 순간 야릇하게 번졌다. 그런 그의 눈초리가 줄곧 말이 없는 일라이에게로 쏘아졌다.

"가짜를 두고 어디에 갔으려나……."

"…가짜라니요? 그게 무슨 말씀이십니까?"

언제부터인지는 모르나 들킨 게 분명했다. 바율이 일단 오리발을 내밀자 바쉐론이 피식 웃는가 싶더니 갑작스레 일라이를 향해 무언가를 날렸다.

쉐액—

당연히 일라이는 피하지 못했고, 녀석의 신형은 마치 신기루처럼 그대로 사라졌다.

"왕세자 저하. 이게 무슨 상황인지 제게 설명 좀 해 주시겠습니까?"

바쉐론의 얼굴에서 마침내 웃음기가 완전히 지워졌다. 그가 창끝처럼 날카로워진 눈빛으로 제 조카를 사납게 노려보았다.

"가만."

그러던 그가 돌연 고개를 갸웃했다.

"한데 어떻게 사라진 거지?"

물의 정령인 이노센트는 바율의 머리 위에서 인상을 쓴 채 자신을 보고 있었다. 그러니 그녀의 도움은 아니었다.

"…인간이 아닌 건가?"

일라이의 정체가 드래곤일 거라고는 상상조차 못 하겠지만, 지금 그의 상식으로 내릴 수 있는 가장 합리적인 판단이었다.

바쉐론의 혼잣말에 아무도 답을 하지 못할 때였다.

그그그그그!

별안간 땅이 요란스럽게 울어 대기 시작했다.

"뭐, 뭐지?"

"지진인가?"

지진은 육지와 해저를 가리지 않고 발생하는 법이었다. 하지만 인어들은 물론, 해양 동물들은 지진이 일어날 걸 미리 예감하고는 했다. 이렇듯 아무런 전조도 없이 지진이 났던 적은 단 한 번도 없었다.

Chapter 8.
신물의 힘

1.

'스피넬!'

터널 속을 몰래 빠져나온 일라이는 스피넬부터 찾았다. 봉인이 풀린 후로는 굳이 눈에 보이지 않아도 자연스럽게 녀석을 느낄 수 있었지만, 바닷속이라 그런지 평소보다 불의 기운이 흐릿했다.

으으, 차가워!

실드로 몸 전체를 겹겹이 둘러싸고 있는데도 전신에 전해지는 한기는 어쩔 수가 없었다. 레드 드래곤인 그가 당연히 이깟 물 때문에 얼어 죽지는 않을 것이다. 하나 그와 별개로 불쾌한 기분을 넘어 몸까지 찌뿌드드한 게, 한시라도 빨리 벗어나고픈 심정이었다.

'라이 님!'

'어, 왔어?'

스피넬은 일행이 바쉐론을 만나기 직전, 홀로 미리 나가
해저 부근을 탐색하고 있었다. 그녀가 일라이의 부름에 서
둘러 모습을 드러내며 인사했다.

'우리가 이런 곳에서 같이 움직이게 될 줄은 몰랐다. 그
치?'

심해 한복판에서 비밀 수행을 해야 하는 레드 드래곤과
불의 정령이라니. 새삼 현실을 자각하자 일라이는 저도 모
르게 웃음이 비어져 나왔다.

'힘드시면 그냥 계셔도 됩니다. 제가 빠르게 돌아보고
오겠습니다.'

상급 정령인 스피넬은 바율은 당연하고, 누구에게나 깍
듯한 편이었다. 먼저 건드리지만 않는다면 세임만큼이나
점잖은 부류에 속했다.

하지만 개중에서도 일라이에게는 조금 더 특별하게 굴었
다. 같은 불의 기운을 지닌 탓인지 눈빛이며 말투가 한결
따뜻하다고 해야 할까. 이노센트가 퀸에게 유난히 친근한
태도를 보이는 것과 비슷했다.

'힘들 건 없지. 짜증이 좀 날 뿐.'

'저도 딱히 기분이 좋지는 않습니다.'

'어, 그래 보여.'

언제나 활활 타오르던 스피넬의 불꽃이거늘, 물의 영향인지 그 세기가 많이 약해져 있었다. 불꽃이 커졌다가 작았다가 수시로 변화하는 것이 꼭 녀석의 감정 상태를 나타내는 듯했다.

'그건 그렇고, 발견한 건 좀 있어?'

둘에게 관심을 보이는 이름 모를 물고기들을 쫓아내며 일라이가 물었다.

만약 정말 이곳에 태양의 심장이 있을 경우엔 바로 회수하면 그만이었지만, 그렇지 않다면 바쉐론에게 들키기 전에 돌아가야만 했다. 신물을 찾기 전까지는 아무래도 그래야 행동에 제약이 없을 것이기 때문이다.

'여전히 잘 모르겠습니다.'

'그래?'

'네.'

시무룩한 스피넬의 답변에 실망한 티를 애써 숨기며 일라이가 앞을 가리켰다.

'어쨌든 가 보자. 수상한 장소를 전부 뒤지다 보면 뭐라도 나오겠지.'

태양의 심장을 회수할 수 있는 건 오로지 자신뿐이라고

아버지가 그랬다. 친구들이 아는지 모르겠다만, 일라이는 그에 대해 나름의 막중한 책임감을 느끼고 있었다.

신물은 천족과의 전쟁 때문만이 아니라, 쇠망해 가는 퀸의 나라를 살리기 위해서라도 꼭 거두어야 했다.

'이쪽입니다.'

스피넬이 제 몸의 불빛을 키우더니 어두운 심해를 비추며 탁한 물길을 가르고 앞장서 나아갔다. 물고기들이 그 빛을 따라 줄지어 몰려들었지만, 다행히 공격성을 보이는 놈들은 없었다.

'저기가 좋겠어.'

둘은 되도록 일행과 멀찌감치 떨어진 곳에 자리를 잡았다. 해저 아래, 그러니까 바다의 밑바닥 전체가 의뭉스러운 상황이었다. 그래서 일라이는 마음먹고 어디든 파 볼 작정이었다.

파핫!

일라이의 손끝에서 피어난 불덩이가 바닥에 내리꽂혔다. 깊은 바닷속이었지만 그건 조금의 방해도 되지 못했다.

쾅!

폭발이 일어남과 동시에 파편이 사방으로 튀었다. 그 탓에 그러잖아도 뿌옇던 수질이 한층 더 심하게 탁해졌다.

그러나 일라이의 손짓 한 번에 곧 일대의 부유물이 사라지더니, 구멍 하나가 눈에 들어왔다. 순식간에 그들 앞에 로콰스도 거뜬히 들어가고도 남을 만큼 커다란 공간이 생겨난 것이다.

스피넬은 일라이가 무어라 말하기도 전에 밑을 향해 슉 하고 내려갔다. 잠시 후 돌아온 그녀는 역시나 허탕이라는 듯 고개를 가로저었다.

일라이는 그 즉시 위치를 옮겨 같은 작업을 반복했다. 친구들이 알면 무식한 방법이라고 한소리들 하겠지만, 현재로선 이것 말고는 더 좋은 수가 없었다.

이런 식으로 접근하다 보면 좀 더 수상한 곳을 발견하게 될 수도 있었다. 그럼 그 밑을 깊게 파 볼 참이었다.

'여기도 꽝인가.'

그렇게 집중하고 있던 어느 순간이었다.

스피넬과 아예 따로 떨어져서 몰두 중이던 일라이의 등 뒤에서 불현듯 살기가 느껴졌다.

뭐야?

안 그래도 바빠 죽겠는데.

눈을 희번덕거리며 돌아보자 머리가 두 개씩 달린 커다란 뱀 세 마리가 아가리를 벌린 채 길쭉한 혓바닥을 날름거리고 있었다.

'로콰스랑 같은 놈들인가?'

순간 그런 생각이 잠깐 스쳤지만, 다시 보니 기운이 전혀 달랐다. 로콰스와 비교했다는 사실 자체가 미안할 정도로 약한 놈들이었다.

'근데, 이것들이 감히 드래곤인 나를 보고 입맛을 다셔?'

슬슬 다가오는 낌새가 셋이서 다정하게 저를 나눠 먹을 심산인 모양이었다.

아무리 드래곤 피어를 숨겼기로서니 어찌 이렇게까지 멍청할 수가 있단 말인가. 약육강식의 세계에서 살아가는 것들 치곤 눈치가 없어도 너무 없었다.

쯧쯧. 머리가 둘이면 뭐하나.

살생은 최대한 삼가려고 했지만, 어쩔 도리가 없었다. 일라이는 구덩이를 만들 때와 마찬가지로 녀석들을 향해 매서운 불꽃을 날렸다.

쾅광!

그러자 이제까지와는 완전히 다른 소리가 어수선하게 일대를 울렸다.

'힘이 좀 과했나?'

셋을 한꺼번에 처리해야 했기에 불가피하게 그리했지만, 저질러 놓고 보니 이러다 지금 당장 바쉐론에게 들키면 어쩌나 하는 걱정이 새삼스레 들었다.

그그그그그!

갑작스레 땅이 진동하기 시작한 것은 그때였다.

'뭐, 뭐야?'

바다뱀들은 이미 흔적도 없이 소멸한 상태였다. 수중엔 여전히 온갖 부유물들이 어지럽게 널려 있었고, 바닥에는 앞서 일라이가 만들었던 것들보다 서너 배는 더 커다란 구멍이 나 있었다.

'어라?'

지진에 놀라기도 잠시, 그 아래에서 희미하지만 분명한 열기가 느껴졌다.

'라이 님!'

어느 틈엔가 옆에 스피넬이 나타나 그 구멍 속을 보고 있었다.

'너도 느꼈어?'

'네!'

그녀가 힘차게 고개를 끄덕이고는 바로 하강했다. 질세라 일라이도 곧장 스피넬을 따라 몸을 날렸다.

따뜻해!

아래로 내려갈수록 열기가 강해졌다. 레드 드래곤이니 그나마 따뜻함 정도에서 그쳤지, 다른 이들이라면 진작 타

죽고도 남을 만큼 뜨거운 기운이었다.

일라이와 스피넬을 감싼 건 여전히 탁한 물이었지만, 그들은 마치 용암 속에 있는 듯한 착각마저 들었다. 불의 정령인 스피넬은 발화라도 하듯 점점 불꽃이 거세지며 강렬하게 타오르고 있었다.

'스피넬, 여기인가 봐!'

고민은 길지 않았다. 일라이의 외침에 둘은 누가 먼저랄 것도 없이 밑을 향해 불의 기운을 난사했다.

뭐가 어떻게 된 건지는 모르겠지만, 조금 전 바다뱀들을 향한 공격이 자극이 된 듯했다. 어쩌면 이번에야말로 제대로 된 장소를 찾아낸 것일지도 몰랐다.

연속적인 폭발이 해저 아래에서 연이어 일어났다. 땅의 울림은 점점 더 심해졌고, 눈 깜짝할 사이에 수십, 수백 개의 금이 그어지더니 결국 지면이 쩍쩍 소리를 내며 갈라졌다.

'빛이야!'

그리고 그 밑에서부터 급작스레 빛이 새어 나왔다. 엄청난 열기는 덤이었다. 어떤 물체든 녹여 버릴 것 같은 뜨거운 기운이 한순간에 일라이와 스피넬을 덮쳤다.

2.

"로콱스!"

땅이 울린 순간, 퀸은 로콱스를 크게 불렀다. 친구들의 안전을 챙기는 것이 그에게는 가장 급했기 때문이다.

하지만 바쉐론은 제 조카와 생각이 조금 다른 모양이었다.

"왕세자 저하, 제가 묻지 않았습니까?"

어느새가 퀸의 바로 지척까지 다가간 바쉐론이 으르렁거리며 녀석의 멱살을 붙들었다.

"어, 어……! 로콱스!"

그리고 그때, 터널에 발을 들이자마자 보았던 해양 몬스터들이 로콱스에게 떼로 덤벼드는 것이 일행에 시야에 잡혔다.

"보다시피 당분간 로콱스는 바쁠 듯하군요. 사라진 녀석, 일라이라고 했던가요?"

눈매를 가늘게 모은 채 바쉐론이 다시금 물었다.

"기억력 한번 좋으십니다."

로콱스가 걱정되었지만, 퀸은 애써 조급한 마음을 숨기며 태연한 척 받아쳤다.

"뭡니까, 그거?"

"그거라니요? 라이는 물건이 아닙니다."

"아시겠지만, 저는 두 번 묻는 것을 좋아하지 않습니다."

바쉐론이 일라이의 기척이 이상하다고 느낀 것은 조금 전부터였다. 터널 바깥 부근에서 뭔가 수상한 기척이 감지되던 순간, 일라이가 아주 잠깐 흐려졌다 다시 원래의 모습대로 돌아왔다.

대단한 눈속임이 아닐 수 없었다. 면전에서 이렇듯 대담하게 저를 감쪽같이 속이는 그 배짱 자체도 놀라운 한편, 신선했다.

하지만 그건 그거고, 대관절 무슨 수작을 부리는 중인지는 당장 알아내야 했다.

"설마 사육장에 오고 싶어 했던 이유가 따로 있었던 겁니까?"

"찾아야 할 게 있어서요."

퀸은 멱살이 잡힌 채로 비릿하게 웃었다.

"그런데 찾은 것 같습니다. 사실 확신은 없었는데, 진짜로 그게 여기에 있을 줄은 몰랐네요."

조카의 여유로운 대꾸에 바쉐론의 팔뚝에 절로 힘이 들어갔다. 뜻 모를 답도 답이지만, 바다의 울림이 심상치가 않았다. 그의 명에 따라 로콱스를 공격하던 해양 몬스터들도 제 목숨을 위협하는 무언가에 두려움을 느낀 것인지, 무리에서 이탈하는 녀석들이 생겨나고 있었다.

"대체 무슨 짓거리를 꾸미는 거지?"

이 사육장은 바쉐론에겐 왕성보다도 중한 장소였다. 이곳에 오면 그는 기이하리만치 마음이 편했고, 몸도 한결 안락해지고는 했다.

비록 수하 여럿이 여기서 열병을 얻고 죽어 갔지만, 그럼에도 그는 이곳을 놓을 수 없었다. 그의 강함은 사육장에서부터 비롯되었다고 해도 과언이 아니었다. 그런 만큼 그는 이 지대를 신성하게 여겼다.

"숙부께서 이렇게 당황하시는 모습은 처음 보네요. 왕세자인 제게 말까지 놓으시고."

"허튼소리. 당장 네놈의 목을 분질러 버릴 수도 있다."

"과연 그게 말처럼 쉬울까요?"

퀸은 조소하며 대양의 눈을 낀 손을 들어 숙부의 팔목을 쥐었다.

친구들의 안전을 걱정하던 눈빛은 이제 어디에도 없었다. 바율과 이노센트가 이미 신속하게 손을 써 두었기 때문이다. 걱정하지 말라는 바율의 입 모양을 본 후로 퀸은 작정하고 바쉐론을 도발하고 있었다.

"대양의 눈을 믿고 너무 나대는구나."

"숙부야말로 참으로 광오하시네요. 그 비틀린 증오심에서 이제 그만 벗어나셔도 될 텐데 말입니다."

"뭐야? 이, 이놈이!"

결국 바쉐론의 인내심이 바닥을 드러냈다.

그가 분노의 일갈을 터뜨리며 퀸을 내팽개쳤다. 아니, 내팽개치려 했다. 하지만 어째선지 퀸에게서 잡힌 손목이 꼼짝을 안 했다. 흡사 쇠사슬에 꽁꽁 감긴 것처럼 제 몸이 제 의지대로 움직여지지가 않았다.

"그러게 적당히 하셨어야죠."

여유롭게 웃는 퀸의 얼굴과 달리, 바쉐론은 전에 없이 안색이 파리해졌다.

"지금 숙부 표정이 어떤지 아십니까?"

퀸은 잡은 손에 은근한 힘을 가하며 바쉐론을 압박했다. 수없이 상상하였더랬다. 그가 제 앞에서 무너질 때 어떤 얼굴을 하고 있을지.

"거울이라도 있으면 보여 드리고 싶을 정도입니다."

"…날 어떻게 한 거지? 네놈이 뭘 했기에⋯⋯!"

"꼼짝을 할 수가 없는 거냐고요?"

퀸은 그 심정이 어떨지 충분히 이해가 간다는 양 고개를 크게 주억거렸다.

"조금 전 본인 입으로 말씀하시지 않았습니까. 오로지

강자만이 진정한 자유를 누리는 법이라고."

퀸이 냉연한 미소를 지으며 자못 진지하게 물었다.

"약자가 된 기분이 어떠십니까? 소감을 듣고 싶습니다만."

"감히 너 따위가…… 큽!"

바쉐론은 말을 채 다 잇지 못했다. 별안간 손목에서부터 엄청난 통증이 전해졌기 때문이다. 전신이 부르르 떨릴 정도로 극심한 고통이 그를 휘감았다.

"어, 어떻게……!"

그 와중에도 그는 이 상황이 믿기지 않는지, 놀란 기색을 숨기지 못했다.

왜 아니겠는가.

인어국 최강의 전사라 불리는 그가 여태 무시해 왔던 어린 조카에게 팔뚝이 잡힌 채 옴짝달싹도 하지 못하고 있으니, 그의 입장에선 충분히 어이없고 황당할 만했다.

더욱이 이곳은 그가 평소보다 더 강해지는 사육장이었다. 여기서 그를 빼곤 인어든 해양 몬스터이든 제대로 힘을 발휘하지 못했다.

즉, 퀸 역시 다른 인어들처럼 약해져야 한다는 의미였다. 아무리 녀석에게 대양의 눈이 있을지라도 말이다.

"이게 탐이 나셨습니까?"

이해할 수 없는 상황 때문인지 바쉐론의 시선이 저도 모르게 대양의 눈에 닿아 있었다.

"예상은 했습니다. 저를 순순히 이곳으로 불러들인 이유. 제가 약해진 틈을 이용해 반지를 가로채려는 속셈이었겠지요?"

바쉐론은 아무 말도 하지 않았지만, 그의 흔들리는 흑안은 퀸의 말을 인정하는 셈이나 다름없었다.

"참으로 멍청하십니다. 태고의 신물을 그리도 무시하시다니."

오랜 세월을 독재자로 군림해 온 탓이었을까?

나라의 존망을 결정지을 만큼 귀중한 보물이라는 사실을 익히 알면서도, 그는 겁을 먹기는커녕 지나칠 정도로 여유 넘치는 모습을 보였다.

그간 누구에게도 지지 않고 국가를 좌지우지해 왔다는 자만감이 그를 이리 타성에 젖게 만든 것 같기도 했다.

"그리고 참, 모르시는 듯하니 하나 알려 드리죠."

"……?"

"숙부 또한 예외는 아니었습니다."

"…그게 무슨 소리냐."

"여기만 오면 인어들이 유난히 힘을 쓰지 못하던 것 말입니다. 그건 숙부도 마찬가지였다는 거, 이제는 아실 때가 된 듯해서요."

퀸은 다시 한번 손아귀에 힘을 꽉 쥐며 천천히 말을 이었다.

"상대적으로 강한 물의 기운을 타고난 덕에 신물의 힘에 완전히 잠식당하지 않았을 뿐, 숙부 역시 몸이 상한 것은 똑같다는 말씀입니다."

"신물이라니? 그건 이미 네 손가락에 끼워져 있는 게 아니냐? 게다가 그게 무슨 잠식을 한다고……."

바쉐론은 당최 퀸의 말뜻을 알아들을 수가 없어 고통조차 잊은 채 반문했다.

"아, 제가 깜박하고 그 얘길 빠뜨렸군요."

퀸의 나직한 목소리가 바쉐론의 고막을 파고들었다.

"태양의 심장. 또 다른 태고의 신물이 우리 인어국에 있거든요."

이름만 들어도 인어국에 있어선 안 될 물건이라는 게 확연하게 느껴졌다. 그에 바쉐론이 눈을 부릅뜨자 퀸이 마저 설명했다.

"바로 이 사육장에."

"그게 무슨 말도 안 되는……."

"제 친구는 그걸 찾으러 간 겁니다. 지금 바다의 상태로 봐서는, 아마 이미 발견한 모양이고요."

"이게 다 그놈 때문이라고? 놈의 정체가 대체 뭐기에……."

"그건 차차 알게 될 테니, 우선은 여길 뜨는 게 어떨까?"

황망해하는 바쉐론과 그런 그를 조소하며 바라보는 퀸 사이로 불쑥 데스의 음성이 끼어들었다.

"그냥 있다가는 몽땅 타 죽을지도 몰라서. 아, 물론 나 말고 너희가."

심해 한가운데서 할 법한 말은 아니었다. 물고기 밥이 되면 되었지, 한기로 가득한 바닷속에서 어찌 타 죽는단 말인가.

하지만 그 발언에 의문을 가질 새도 없었다.

데스의 말은 제안이 아닌 통보였다.

순식간에 생겨난 검은 안개가 터널 전체를 삼키는 순간, 그와 동시에 거대한 폭발이 일대를 덮쳤다. 데스의 결정이 조금만 늦었더라면 어떤 결과를 초래했을지 상상하는 것만으로도 끔찍할 만큼 어마어마한 세기의 폭발이었다.

"으아아!"

심해에서 사라졌던 바율과 친구들이 다시 모습을 드러낸 것은 바다 위였다. 미리 위험을 감지한 데스가 일행 전부를 데리고 공간 이동을 한 것이다.

"잉그리드!"

발아래 디딜 게 없자 에이단은 본능적으로 잉그리드를 외쳤고, 녀석은 기다렸다는 듯이 크게 울며 몸체를 부풀렸다.

"애들아, 얼른 타!"

데스도 데스지만, 바율이 그들을 떨어지도록 그냥 두지는 않을 터였다. 그런데도 에이단은 잉그리드의 몸에 올라타고서야 안도의 숨을 내쉬었다.

"다, 다들 뭐야? 방금 내가 뭘 본 거지?"

바쉐론은 살면서 이처럼 당황했던 적이 없었다. 그를 움직이지 못하게 한 조카는 시작에 불과했다. 갑자기 웬 수상한 검은 연기가 그를 감싸더니, 한순간에 심해에서 창공으로 이동했다.

뿐인가.

이제는 한 번도 본 적 없는 거대한 크기의 새 등에 어정쩡한 자세로 서 있었다. 함께 있던 자신의 수하 세비르를 제외하고는 다들 태연한 낯빛들이었다.

"헐! 데스, 이 작자까지 데리고 온 거예요?"

갑작스러운 이동에 놀라기는 했지만, 일행은 바쉐론이 본 대로 심장이 철렁할 만큼 식겁하지는 않았다. 그저 떨어져 있는 일라이와 스피넬이 살짝 걱정되는 정도였다. 사실 그마저도 레드 드래곤과 불의 정령이기에 큰 염려는 되지 않았다.

한데 그 와중에 바쉐론과 세비르가 웬 말이란 말인가. 에이단과 라나사가 인상을 구기며 데스를 타박했다.

"마신이면 마신답게 좀 잔혹할 줄도 알고 그래야죠."

"무슨 마족이 이래요?"

"너무 친절한 거 아닙니까?"

"이러니까 만날 리타에게 구박당하는 거라고요!"

평소라면 절대 데스에게 하지 못할 말들이 마구 쏟아져 나왔다. 그러면서 둘은 마치 벌레 보듯 두 인어족을 노려보았다.

그러나 현재 바쉐론에게 그런 것이 눈에 들어올 리 만무했다. 생경해도 너무 생경한 단어를 들었기 때문이다.

"…마족이라고?"

선득한 느낌이 들긴 했지만, 마족일 거라고는 당연히 예감조차 하지 못했다.

언뜻 든 생각은 '설마'였다. 하나 조금 전 목도했던 검은 연기와 등줄기가 서늘해지는 이 압박감은 그의 의심을 거두게 하고도 남음이었다.

꿀꺽.

역시 마족의 존재란 인어에게도 공포의 대상인 듯했다. 바쉐론의 목울대가 눈에 띄게 꿈틀거렸다.

"이 정도로 놀라면 안 되는데."

내내 잘난 척 으스대던 상대가 꼴사납게 구는 걸 면전에서 보는 것도 꽤 나쁘지 않았다.

물건 취급하듯 말하던 일라이가 실은 드래곤이란 사실을 알면 또 어떤 표정을 지을지 이젠 제법 궁금하기까지 했다.

"얘들아, 잠깐만."

그때, 지금껏 조용하던 바율이 밑을 내려다보며 심각한 육성을 발했다.

"왜 그래, 바율? 뭔데?"

바율만이 아니었다. 숙부를 결박하고 있던 퀸도, 웬만해선 긴장하는 법이 없는 데스도 모두 안색을 굳힌 채 바다를 주시하고 있었다.

"혹시 로콱스가 잘못되기라도 한 거야?"

일라이는 여차하면 드래곤인 본체로 돌아갈 수 있었기에 안심이 되었다.

다만 마지막으로 보았던 로콱스는 해양 몬스터들에게 둘러싸여 혈투를 벌이고 있었다.

갑작스러운 공간 이동에 정신이 없어 녀석을 바로 떠올리지 못했는데, 행여 부상이라도 입은 건 아닌지 뒤늦은 걱정이 에이단을 사로잡았다.

"바다가……."

하지만 바율에게서 나온 말은 전혀 다른 이야기였다.

"…증발하고 있어."

"증발이라니?"

"그게 무슨 소리야?"

정녕 해괴한 말이 아닐 수 없었다. 지금 그들이 있는 곳은 무려 대양의 한복판이었다. 그릇에 조금 따라 둔 물 따위가 아니었다.

"이대로 내버려 두면…… 아마 전부 사라질지도 몰라."

"사라진다고? 저 물이 다?"

라나사와 로건은 아예 몸을 내밀어서 수면 위를 샅샅이 훑어보았다. 그러나 아무 변화도 느껴지지 않았다. 그들이 조금 전까지 있던 곳은 까마득하게 깊은 심해였기에 어떻게 되었는지 여기선 알 방도도 없었다.

"퀸."

바율이 친구들의 물음에 답은 않고 급작스레 퀸을 불렀다. 퀸은 언제부턴가 제 손가락에 끼고 있는 대양의 눈을 멍하니 보고 있었다.

"너도 느껴지지?"

퀸의 시선이 서서히 바율에게로 옮겨 왔다. 그런 그의 파란색 눈은 어느덧 두려움에 젖어 있었다.

"태양의 심장이……."

"어. 그게 바닷물을 삼키고 있어."

"뭐, 뭐라고?"

바율과 퀸 간에 오가는 대화를 듣고 있던 친구들은 저마다 쉿소리를 내질렀다.

"그게 무슨 개 같은 소리야!"

바쉐론도 어이가 없다는 듯 목청을 높였다.

"지금 너희들 눈엔 보이지 않겠지만, 상황이 그래. 이대로 뒀다가는 바다가…… 아니, 바닷속의 모든 게 사라질지도 몰라. 인어국마저도."

도대체 뭘 어떻게 해야 하지?

일견 차분해 보였지만, 바율의 머릿속은 그야말로 백지처럼 하얀 상태였다. 이건 도무지 예상하지 못한 전개였다.

일라이와 함께 있을 스피넬에게 여러 번 말을 걸어 보았지만 돌아오는 답이 없었다. 그저 환희와 염려가 뒤섞인 감정이 전해질 뿐이었다.

콰쾅!

또다시 폭발이 일어난 것은 그때였다. 수면 위에 동시다발적으로 물줄기와 파편들이 튀어 올랐다. 놀란 잉그리드가 재빨리 더 높이 상승하는 찰나, 거센 해일이 대양에 휘몰아쳤다.

쿠아아아!

그리고 수면 아래에서 무언가가 솟구쳐 올라왔다. 검은 그림자로 시작한 그것이 물면 위로 완전히 모습을 드러낸 순간, 친구들은 저마다 비명을 질렀다.

"라이!"

이미 한 번 본 적이 있기에 한눈에 알아보았다. 바다 위로 떠올라 울부짖는 건 본체로 헌신한 레드 드래곤, 일라이였다.

"미우우!"

잉그리드가 돌연 날개를 펄럭이며 일라이에게서 멀어졌다.

"저게 뭐야?"

"열기가 엄청나!"

본체로 돌아간 일라이는 제 몸집과 비슷한 크기의 거대한 무언가를 들고 있었다. 마치 태양처럼 이글이글 타오르는 돌덩이. 친구들은 굳이 묻지 않아도 그게 무엇인지 알 수 있었다.

그들을 인어국으로 오게 만든 것.

바로 태양의 심장이었다.

먼 거리임에도 열기로 인해 숨이 멎을 것만 같았다. 신물을 중심으로 마치 구덩이가 파이듯 빠르게 바닷물이 줄어드는 게 그제야 일행의 시야에 잡혔다.

"무, 무슨 저런……."

직접 보면서도 믿기 힘든 광경이 아닐 수 없었다.

"그런데, 신물을 흡수하는 데 애를 먹고 있는 건가?"

중간중간 괴성을 터뜨리는 일라이의 모습은 언뜻 괴로워하는 것처럼 보이기도 했다. 스피넬은 아예 불덩이로 변해서 근처를 초조하게 배회하고 있었다.

"내가 나서야겠어."

"뭐?"

"바율, 너 미쳤어? 저길 가겠다고?"

로건은 본능처럼 바율을 저지하며 녀석의 어깨에 손을 얹었다. 에이단과 라나사도 안 된다며 강하게 고개를 저었다.

바율이 정령사라는 걸 알지만, 그래도 이번엔 말리지 않을 수 없었다. 제아무리 바율일지라도 저 열기를 버텨내는 건 어려울 거라고 생각했다.

"그래, 바율. 그냥 있어."

줄어드는 바닷물을 망연자실 바라보던 퀸조차 너무 위험할 것 같다며 바율을 잡아 세웠다.

"이노센트!"

그러나 바율은 단호했다.

"도련님."

막아서는 이언을 향해 친구들을 부탁한다는 말을 남긴 채, 녀석은 그대로 날아올랐다. 다들 황급히 손을 뻗어 잡아 보려 했지만, 바율의 움직임이 더 빨랐다.

불과 물이 싸우고 있었다.

그리고 바율은 그 둘의 성질을 모두 품고 있었다.

어떤 대책이 생긴 것은 아니었다.

그저 상황이 급했고, 바율은 제 몸속에 담긴 전대 정령왕들의 힘을 믿기로 했다. 지금으로선 그것만이 최선이었다.

쑤아아앙!

바율이 태양의 심장을 향해 빠르게 돌진했다. 바율은 보지 못했지만, 그런 녀석의 눈동자가 붉어졌다가 파래지기를 반복했다.

Chapter 9.
짧은 만남

1.

수면 위로 모습을 드러내기 전, 심해 한가운데서 일라이는 고전을 면치 못하는 중이었다.

처음 태양의 심장을 마주하던 순간 그는 환희에 휩싸였다. 드디어 제 할 일을 끝낼 수 있게 되어서 속이 다 후련했다.

하지만 그 기쁨은 그리 오래가지 못했다.

뭐가 이렇게 뜨거워?

여태 경험해 본 적 없는 극심한 열기가 느껴졌기 때문이다. 물론 레드 드래곤이니만큼 타 죽을 염려는 없었지만, 생전 처음 접하는 생경한 상황에 일라이는 심히 당황스러웠다.

그러나 더 큰 문제는 따로 있었다.

이런 미친……!

별안간 신물이 무서운 속도로 바닷물을 빨아들이기 시작한 것이다.

실상은 열기로 수분을 증발시키는 것이었지만, 일라이의 눈에는 마치 태양의 심장이 주위의 모든 걸 삼켜 버리는 듯 보였다. 이러다가는 바다 자체가 아예 이 세계에서 지워질 것만 같았다.

퀸!

가장 먼저 일라이의 머릿속에 떠오른 건 퀸, 그리고 녀석의 나라인 인어국이었다. 친구의 조국을 돕기 위해 여기까지 왔거늘, 이런 식이면 오히려 망하는 데 일조하는 꼴이 되어 버린다.

머뭇거릴 시간이 없었다.

조금이라도 피해를 줄이기 위해선 이 무식한 신물을 서둘러 물 밖으로 끄집어내야 했다.

'스피넬!'

'네!'

'일단 이걸 수면 위로 꺼내야겠어. 도와줄 수 있지?'

'물론입니다!'

일라이는 그 즉시 폴리모프를 풀었다. 드래곤의 힘을 제대로 사용하기 위해선 본체 상태인 쪽이 훨씬 편했기 때문이다.

신물 따위에게 내가 질 것 같아?

이래 봬도 내가 레드와 레드 사이에서 태어난, 엄청 특별하신 몸이라고!

일라이는 아무도 듣지 못할 외침을 속으로 뇌까리고는, 발톱을 활짝 벌려 태양의 심장을 세차게 내리찍었다.

제기랄!

절로 욕지기가 튀어나왔다. 어마어마한 열기가 발톱을 타고 전신으로 퍼져 나갔다. 용암 속에서 반신욕을 하던 때와는 기분이 달라도 너무 달랐다. 아니, 비교조차 할 수 없었다.

하아, 그래.

너도 태고의 신물이라 이거지?

오랜 세월을 해저 밑바닥에서 보낸 것이 억울하기라도 한 양, 태양의 심장이 내뿜는 열기는 갈수록 거세졌다. 그에 일라이는 가진 힘을 전부 발끝에 집중시켰다. 그러곤 이를 악물며 신물을 끌어 올렸다.

스피넬은 그런 일라이에게 어떻게든 도움이 되고자 제가 가진 불의 기운을 아낌없이 내주었다.

그러던 어느 순간.

초반엔 꿈쩍도 하지 않던 신물이 마침내 움직이기 시작했다. 그것을 서막으로 연속적인 폭발이 온 바다를 휘저었다. 당연히 시야는 흐릿해졌고, 몰아치는 충격 또한 무시하지 못할 수준이었다.

더럽게 크네!

하지만 그럴수록 일라이는 신물을 쥔 발톱에 더욱 강하게 힘을 주었다. 그사이 적응이라도 된 건지, 열기가 처음보다는 덜해진 느낌이었다.

촤아악!

지금껏 접혀 있던 일라이의 거대한 날개가 위용을 드러내며 펼쳐졌다. 바닷속에서도 녀석의 날갯짓에는 거침이 없었다. 폭풍과도 같은 거친 물보라가 일대에 휘몰아쳤다.

녀석은 태양의 심장과 함께 바다 위를 향해 그대로 수직 상승했다.

쏴아아아!

답답한 심해를 벗어나 공기 중으로 올라서자 확실히 숨통이 트이는 듯한 기분이었다. 그러나 그 여유를 즐길 수 있는 건 찰나에 불과했다. 여전히 신물은 무섭게 타오르고 있었다.

아버지는 분명 태양의 심장을 제 것으로 만들라고 하였다. 그건 오로지 레드 드래곤인 자신만이 할 수 있다는 말과 함께.

당시엔 그저 신물을 손에 넣으면 어떻게든 되겠지, 라고 막연하게 생각했었다. 그러나 막상 현실을 겪어 보니 그건 너무나 바보 같은 생각이었다.

신물의 열기도 열기지만, 이렇게 큰 걸 대체 무슨 수로 갖고 다닌단 말인가.

태양의 심장을 회수한다는 건 일반적인 소유의 개념이 아니었다.

이걸 흡수해야만 해!

일라이는 본능적으로 깨달았다. 오직 그만이 할 수 있다는 아버지의 말에 내포된 뜻은 바로 그 의미였으리라.

근데 내가 잘 해낼 수 있을까?

친구들 앞에선 자신만만하게 굴긴 했지만, 일라이의 신분은 아직 헤츨링이었다. 특이한 출생 탓에 강한 힘을 타고 났다고는 하나, 아직 스스로의 능력을 발현해 본 바가 없었다.

하지만 지금도 바닷물이 그를 중심으로 빠르게 증발하는 광경을 보고 있자니 더 망설일 틈이 없었다.

쿠아아아!

일라이가 포효하며 신물의 기운을 힘껏 제 몸속으로 빨아들였다.

"라이!"

바율이 친구들의 만류를 뿌리치고 녀석에게로 날아간 것은 그때였다. 과연 엄청난 열기가 바율을 녹일 양 사납게 달려들었다.

그의 전신을 겹겹이 둘러싼 수십 개의 물의 장막이 바로 기화되기 일쑤였지만, 그때마다 또 다른 물의 장막이 곧바로 나타났다.

신물을 회수하는 데 정신이 팔린 일라이는 바율이 다가온 사실도 모르는 듯했다. 대신 스피넬이 뒤늦게 그를 발견하고 황급히 날아왔다.

"바율 님!"

녀석의 불꽃은 태양의 심장 때문인지 평소보다 더 짙고 화려하게 타오르고 있었다. 일라이를 걱정하는 마음이 느껴지는 가운데, 그녀에게선 묘한 생기가 넘쳐흘렀다.

반면 이노센트는 인상을 찌푸린 채 원망 어린 눈빛으로 신물을 흘겨보았다. 물의 기운이 급속도로 줄어드는 게 마음에 들지 않는 까닭이었다.

언제나 녀석의 주변을 둘러싸고 있던 투명한 물방울들이 지금은 보이지도 않았다. 태양의 심장은 이처럼 이제껏 경험했던 여타 신물과는 그 영향력의 정도가 매우 달랐다.

"라이 님께서 태양의 심장을 흡수 중이시지만, 신물의

힘이 너무 강력해서 애를 먹고 계신 상태입니다."

"이노센트."

스피넬의 보고에 무겁게 고개를 끄덕이던 바율은 이노센트를 불러 세웠다.

"우리가 나서야 해. 할 수 있겠어?"

"저 불덩이를 약하게 만들어야 한다는 거지?"

"응. 그래야 라이가 좀 더 쉽게 기운을 거두어들일 수 있을 거야."

"흥! 알았어!"

저만 보면 불평을 해 대는 일라이를 돕고 싶은 마음은 눈곱만큼도 없었지만, 차마 바율의 부탁을 거절하기는 힘들었다.

결국 이노센트가 입술을 삐죽이며 홀로 무어라 중얼거리더니 준비에 들어갔다.

"스피넬도 함께해야 해."

"알겠습니다."

일라이 혼자서만 모든 걸 감당하게 할 수는 없었다. 바율과 이노센트는 신물의 힘을 죽이고, 일라이와 스피넬은 지금처럼 기운을 빨아들여 이 사태를 빨리 종식시키는 게 바율의 계획이었다.

"그럼 시작할까?"

멀리서 일행이 어떤 눈으로 자신을 보고 있는지 짐작조차 하지 못한 채 바율이 날아올랐다. 그러자 구덩이가 파이듯 물결치던 수면이 그를 따라 한순간에 허공으로 치솟았다.

촤아아아!

엄청난 양의 바닷물이 마치 분수처럼 솟아 순식간에 일라이와 태양의 심장을 덮쳤다.

물의 상급 정령인 이노센트와 정령사인 바율 때문이었을까? 이제까지와는 조금 다른 양상이 펼쳐졌다.

치이이익!

신물에 닿기도 전에 증발했어야 할 물이, 뿌연 수증기로 돌변하며 듣기 싫은 소리가 일대에 진동했다.

바율과 이노센트는 쉬지 않고 물을 난사했다. 눈앞이 물안개로 가득해질 때까지 바닷물을 퍼붓고 또 퍼부었다.

그러던 찰나였다.

'뭐지?'

바율은 돌연 머리털이 삐죽 솟는 듯한 느낌을 받았다. 그건 누구도 아닌 제 몸속 어딘가에서 흘러나오는 경고였다.

피해!

뇌를 울리는 그 외침에 바율이 멈칫하던 순간, 흐릿한 안개 속에서 별안간 폭음이 울렸다.

콰아앙!

그리고 그곳에서부터 조각난 파편들이 사방으로 뻗어 나왔다.

쑤앙!

가공할 만큼 빠른 속도였다. 뭐가 어떻게 된 일인지 판단할 여유조차 없었다. 바율은 재빨리 보호막을 펼쳤고, 곧 '파방!' 하며 돌조각 같은 것들이 날아와 부딪쳤다.

'친구들은 괜찮겠지?'

잠깐 염려가 스쳤지만, 변신수의 피를 이은 잉그리드가 알아서 잘 피했으리라 추측했다.

장시간 지속될 것 같았던 공격은 생각보다 금방 사그라졌다.

"……!"

그리고 눈앞에 드러난 광경에 바율은 새삼 할 말을 잃었다.

"저건……."

또 다른 태양의 심장이 나타났기 때문이다. 눈을 뜨는 것조차 버거웠다. 크기는 확연하게 줄었지만, 지금까지와는 비교가 불가능할 정도로 엄청난 열을 뿜어내며 '진짜' 신물이 제 모습을 드러냈다.

보는 순간 그냥 바로 알 수 있었다. 이제껏 신물을 둘러싸고 있던 건 껍질이었다.

본모습이 아니었을 때도 대단한 열기를 자랑하던 태양의 심장이었거늘, 여태 느껴지던 것과는 차원이 다른 뜨거움이 바율에게까지 전해졌다.

쿠아아아!

일라이가 고통에 울부짖으며 몸부림쳤다. 녀석은 그 와중에도 끝까지 태양의 심장을 놓지 않았다. 괴로워하면서도 신물을 흡수하기 위해 가까스로 노력하는 모습이 보기 가련할 정도였다.

바율로 인해 잠시 멈췄던 바닷물의 기화가 재차 빠르게 진행되고 있었다. 대양 한복판임에도 수분기가 전혀 느껴지지 않을 만큼 공기가 건조했다.

"라이!"

이제는 다른 방법이 없었다. 물로도 신물의 기운을 잡을 수 없다면 일라이처럼 온몸으로 부딪쳐 보는 수밖에. 불의 기운이라면 자신에게도 있으니 가능성이 아주 없는 건 아니었다.

바율은 몸을 일자로 펴고 태양의 심장을 향해 전속력으로 날아갔다.

"바율!"

그 광경을 고스란히 보고 있던 이노센트가 비명을 지르며 그 뒤를 따랐다. 세상에 무서울 것 없는 그녀였지만, 지금만큼은 아니었다.

이 무식한 열기는 물의 상급 정령인 그녀조차 두려움이 날 만큼 거셌다. 한데 그런 신물을 향해 무작정 뛰어드는 바율을 그냥 둘 수도 없었다.

"크윽!"

생전 처음 듣는 신음이 이노센트에게서 흘러나왔다. 신물에 가까워질수록 그녀의 몸이 녹아내리는 것처럼 흩날렸다.

바율이 태양의 심장에 닿기 직전!

"……!"

그는 무언가가 자신을 휘감는 느낌을 받았다. 그와 동시에 일순간 대기가 멈췄다.

마치 온 세상이 정지 마법에라도 걸린 것처럼 사방에 정적이 감돌았다.

그러다 곧 번쩍하는 빛과 함께 까만 연기가 온 바다를 집어삼킬 것처럼 빠르게 번져 나갔다.

"템페스타!"

바율은 불길 속에서 템페스타를 찾았다. 그의 외침에 조마조마한 마음으로 근처를 방황하던 템페스타가 즉시 강풍을 날렸다. 시커먼 연기가 이내 흔적도 없이 사라지고, 그곳에 남은 건 어느새 인간형으로 돌아온 일라이와 바율, 스피넬, 그리고 물 위에 죽은 듯이 둥둥 떠 있는 이노센트였다.

방금까지 온 바다를 태워 버릴 것처럼 타오르던 태양의 심장은 여전히 일라이가 움켜쥐고 있었다. 하지만 그 크기는 어느새 초라하다 싶을 정도로 작아진 채였다.

흡사 검붉은 색을 띤 진주알 같다고 해야 할까.

희미하게 전해지는 열기만 아니라면 단순한 보석이라고 해도 믿을 만큼 그 크기와 형태가 완전히 바뀌었다.

"미우우우!"

폭발을 피하고자 사정거리 밖까지 날아갔던 잉그리드가 무시무시한 속도로 내려선 것은 그때였다.

녀석은 이제껏 들어 보지 못한 서러운 울음소리를 토해 내며 이노센트를 부리로 톡톡 건드렸다. 마치 어서 깨어나라는 듯이.

그러나 잉그리드의 기대는 이루어지지 못했다. 이노센트에게선 일말의 반응도 없었다. 그저 물결이 이는 대로 수면 위를 왔다 갔다 할 뿐이었다.

괴괴한 적막이 얼마간 바다 위를 잠식했다.

그러던 어느 순간, 템페스타가 돌연 강풍을 일으켰다.

"야! 물귀신! 너 안 일어나?"

그와 함께 녀석의 앙칼진 목소리가 너른 바다에 울려 퍼졌지만, 역시나 돌아오는 대꾸는 없었다.

"이, 이게 지금 장난치나?"

템페스타는 연이어 이노센트에게 바람을 날렸다. 늘 서로를 잡아먹지 못해 앙숙처럼 굴 때는 언제고, 녀석의 얼굴은 당장이라도 울 것 같은 표정이었다.

"이노센트……."

어느 틈에 나타났는지 셰임 또한 이노센트를 내려다보며 침울한 음색을 발했다. 스피넬은 아무 말 하지 않았지만, 그녀 역시 심각하기는 매한가지였다.

"…너, 너희들 단체로 왜 그래?"

멀리서 상황을 지켜보며 수십 번도 더 헐떡이던 숨이 이제 겨우 진정되던 중이었다. 상황이 일단락되었다고만 여겼던 에이단은 잉그리드와 정령들의 반응에 불안감을 느끼고 저도 모르게 말을 더듬거렸다.

"저번처럼 단순히 탈진한 거잖아. 안 그래?"

"이노센트, 괜찮은 거지?"

로건과 라나사도 누구든 얼른 대꾸해 보라며 목청을 높였다. 그런 둘의 머릿속으론 일전에 아몬이 했던 불길한 예언이 스쳐 지나가고 있었다.

설마 그때 얘기한 큰일이 이것이란 말인가.

당시 뛰어난 예언가인 아몬조차 헷갈린다며 자세한 설명을 피했었다. 둘은 행여 이노센트가 잘못되기라도 할까 싶어 심장이 철렁 내려앉았다.

"흐음. 꼬맹이 상태가 위험한 것 같은데……."

아주 작게 중얼거렸지만, 일행의 귀에는 그 어느 때보다 선명하게 들려왔다.

"데스?"

"그게 무슨 뜻이에요?"

"이노센트가 왜 위험한데요!"

녀석이 이렇게 된 게 그의 탓도 아니거늘, 데스를 향한 친구들의 시선에는 괜한 원망마저 서려 있었다. 그걸 아는지 모르는지 데스가 턱을 긁적거리며 덧붙였다.

"그게, 좀 아리송해."

"아리송하다니요. 애매하게 표현하지 말고 속 시원히 털어놔 주세요! 대체 뭐가 그런데요!"

"벌써 죽은 것 같기도 하고, 그렇단 말이지……."

"뭐, 뭐라고요?"

무서운 소리를 눈 하나 깜짝 않고 말하는 데스를 친구들은 그야말로 넋을 잃은 채 바라보았다.

먹을 거 앞에서 자주 한심한 모습을 보이긴 하나, 상대는 무려 마신이었다. 리타 앞에서 종종 비굴해지긴 해도 평상시 그는 허튼소리를 해 대는 타입도 아니었다.

"이 녀석 좀 봐. 완전히 얼이 나갔잖아."

데스는 여전히 잉그리드의 등에 앉아 있는 퀸을 눈짓으로 가리켰다. 자연스레 그 방향을 따라가던 친구들의 시야에 정말로 정신이 나간 듯한 퀸의 얼굴이 들어왔다.

이노센트한테 신경이 쏠린 나머지 미처 인지하지 못했는데, 그는 믿을 수 없다는 듯 부들부들 몸까지 떨고 있었다.

"인어는 물의 기운에 민감하지. 대양의 눈을 끼고 있으니 더더욱 그럴 테고."

데스의 말은, 퀸도 지금 이노센트의 상태를 알고 있다는 의미였다.

"저 헤즐링 녀석도 되게 놀란 모양이야."

일라이는 끝끝내 태양의 심장을 회수하는 데 성공했다. 가공할 파괴력을 선보였던 신물인 만큼, 그 힘을 흡수한 녀석에게선 전에는 느껴 본 적 없는 강한 기운이 물씬 풍겨 왔다.

하지만 정작 지금은 그런 일라이 또한 데스의 말처럼 얼어 있었다. 달라진 자신의 능력을 제대로 자각하기도 전에, 그의 두 눈은 오직 이노센트만을 향했다. 눈동자에 어린 기색이 언뜻 미안해하는 것 같기도 했다.

"근데…… 그럼 바율은 왜 저런 거죠?"

퀸과 일라이를 살피고 나자 자연스럽게 바율에게로 시선이 옮겨 갔다. 그리고 그들은 누가 먼저랄 것도 없이 모두 의아함에 휩싸였다. 누구보다 이노센트를 걱정하고 염려해야 할 녀석에게서 전혀 그런 기색이 감지되지 않았기 때문이다.

오히려 바율의 눈빛은 차갑다 싶을 만큼 무감했다. 마치다른 생각에 흠뻑 빠져 있는 것 같기도 했다.

"글쎄……."

앞머리에 가려진 데스의 검은 눈동자가 일순 붉은빛을 뿜어냈다. 그러던 그가 느닷없이 입꼬리를 말며 히죽 웃었다.

"호오! 아몬 자식, 이래서 잘 모르겠다고 했던 건가."

"뭔데요? 뭐가 좀 보이세요?"

"응, 보여. 근데, 생각보다 빠르네."

"빨라요? 뭐가요?"

"천계와의 전쟁 말이야."

그건 또 무슨 소리예요?

자꾸 말을 토막 내며 자기만 알아들을 소릴 하더니, 이젠또 갑자기 전쟁 타령이다. 그에 친구들이 각기 인상을 쓰는 찰나였다.

"미우우우!"

잉그리드의 울음소리가 고막을 찢을 것처럼 일대를 울렸다.

"허억!"

"이노센트!"

그보다 약간 늦긴 했지만, 친구들의 입에서도 다급한 외침이 쏟아졌다. 그도 그럴 것이, 별안간 이노센트의 모습이 흐릿해졌기 때문이다.

흡사 얼음이 물에 녹기라도 하듯 녀석의 형태가 점점 희미해지더니, 이윽고 완전히 그들의 눈앞에서 사라졌다.

"뭐, 뭐야?"

"어디로 간 건데? 어?"

"설마 지금…… 소멸한 건 아니겠지?"

다들 얼굴이 하얗다 못해 창백하게 질렸다. 아몬의 예언 탓인지 불안감이 이루 말할 수가 없었다.

"바율, 너라도 무슨 말 좀 해!"

"대체 왜 그러는 거야!"

"충격이 큰 건 알겠는데, 제발 정신 좀 차려!"

바율에게 친구들이 저마다 한 소리를 늘어놓을 때였다.

"앗!"

"뭐야, 또!"

돌연 녀석의 몸에서 엄청난 빛이 솟구쳤다. 그로 인해 컴컴한 동굴 속에 들어오기라도 한 듯 일순간 일행의 시야가 암전되었다.

그리고 잠시 후, 그들의 눈 앞에 펼쳐진 건 광활한 바다였다.

"우리 지금…… 다시 바닷속에 들어온 거냐?"

조금 전까지 그들은 분명 바다 위, 정확하게는 잉그리드의 등에 올라타고 있었다. 한데 한순간에 정말 난데없이 바다 한가운데에 몸을 담그고 있는 상태가 되었다.

"이게 말이 돼?"

사육장의 수질과는 차원이 다른, 불순물이라고는 전혀 섞이지 않은 엄청나게 투명하고 깨끗한 물속이었다.

"그런데 숨을 어떻게 쉬는 거지?"

이상한 건 그런 물속에서도 멀쩡하게 숨을 쉬고 있다는 사실이었다. 그뿐 아니라, 잉그리드도 조금 전까지와 마찬가지로 날개를 펄럭이고 있었다.

"여기가 도대체 어디야?"

당황한 친구들은 황급히 주위를 둘러보았다.

"얘들아, 저기!"

그러다 반가운 녀석을 발견했다.

"이노센트야!"

"살아 있었어!"

"그 앞에 있는 건…… 바율인가?"

뭐가 어떻게 된 건지는 몰라도, 친구들과 한참 떨어진 곳에 바율과 이노센트가 보였다.

"미우우!"

이노센트에게 다가가고 싶은 듯 잉그리드가 힘차게 날갯짓했다. 그러나 기이하게도 둘의 거리는 조금도 가까워지지 않았다. 분명 전진하고 있는데, 그만큼 똑같이 거리가 벌어지는 듯한 느낌이었다.

"다들 조용히 좀 해."

데스의 나지막한 음성이 울린 것은 그때였다.

"새로운 물의 정령왕이 탄생하는 순간을 방해할 셈이야?"

"…예?"

"새로운…… 뭐요?"

"물의 정령왕. 그러니 법석 좀 그만 떨어. 나름 중요한 장면이라고."

데스가 한 말의 파급력은 대단했다. 표정들로 보건대 묻고 싶은 것들이 산더미인 듯했지만, '방해'라는 단어가 그들의 인내심에 불을 붙였다.

새로운 물의 정령왕.

언젠가 이노센트가 그리되기를 바라고 바라왔건만, 막상 그 순간이 닥쳤다고 하니 기분들이 이상했다.

정말 이노센트가 물의 정령왕이 되는 건가?

그 철없는 꼬맹이가 왕이 된다고?

그럼 무사한 거야?

바율은 저기서 뭘 하는 거지?

시시각각 변하는 눈빛들이 기대보다는 걱정으로 가득한 것으로 보아, 조금 전 죽은 듯이 물에 둥둥 떠 있던 이노센트의 모습이 녀석들에게 꽤 강한 잔상으로 남은 게 분명했다.

2.

친구들이 저마다 혼란에 빠진 바로 그 시각.

바율은 이노센트와 함께 누군가를 만나는 중이었다.

"네가 아그니스의 아들, 바율이로구나. 그리고 넌 이노센트라고 불린다지?"

"설마…… 다프네그란데 님이십니까?"

바율은 떨리는 가슴을 주체할 길이 없었다. 제 몸속에 깃들어 있다는 전대 정령왕들. 개중에서도 가장 궁금했던 존재가 바로 물의 정령왕, 다프네그란데였다.

그녀는 어머니가 모시던 왕인 동시에 마황의 연인이었다. 언제고 그녀를 만날 날이 있을 거라고 막연하게 짐작은 하고 있었지만, 그런 순간이 이토록 갑작스럽게 찾아올 줄은 몰랐다.

그녀는 어딘지 모르게 어머니와 비슷한 느낌을 주었다. 푸른 물결 사이로 비치는 모습이 흡사 그 자체로 바다처럼 보이기도 했다.

"후후. 나에 대해 들은 얘기가 많은 모양이구나."

다프네그란데는 환하게 웃으며 바율과 이노센트를 천천히 번갈아 살피었다. 그런 그녀의 눈빛에는 대견함과 애틋함이 서려 있었다.

"어머니가 아닌 제가 다프네그란데 님의 기운을 잇게 된 건……."

"알고 있다. 지금처럼 네 앞에 나타날 순 없었지만, 여태 네게 벌어진 일은 나 역시 전부 알고 있단다. 너도 알다시피, 여러 안배를 해 놓았거든. 내가 사라지기 전에 말이지."

차분하게 답하던 다프네그란데가 돌연 엄숙한 목소리로 이노센트를 불렀다.

"이노센트."

녀석은 어머니에게 그랬듯 입도 벙긋하지 못한 채 얌전을 떨고 있었다.

"이제 네가 나의 뒤를 이을 차례다."

"…제가요?"

"그래. 때가 되었거든. 지금이 바로 그 적기란다."

다프네그란데가 주변을 돌아보았다.

"이곳만큼 널 위한 곳도 없지."

"여긴 어디인가요?"

이노센트는 느낄 수 있었다. 일반적인 바다와는 뭔가 달랐다. 왠지 편안하면서도 그리운, 딱 잘라 정의하기 어려운 무언가가 섞여 있었다.

"여기는 바로 나란다."

"……?"

"이 공간 자체가 나란 뜻이지. 내가 가진 모든 것. 그리고 이제는 이노센트, 너의 모든 것이 될 차례란다."

그러니까 그녀의 모든 힘을 이노센트에게 계승할 거란 의미였다.

"내가 이날이 오기를 얼마나 꿈꿔 왔는지 너희는 모르겠지."

순간 다프네그란데의 눈에 언뜻 살기가 드리웠다. 필시 천계를 향한 증오심일 터였다.

"남은 시간이 별로 없구나. 부디 정령계를 잘 일으켜 다오."

바율이 무어라 더 물을 새도 없었다. 갑자기 바다 한가운데에 회오리가 생겨났다. 작은 기둥으로 시작한 그것은 점점 그 세기를 넓혔고, 이내 이노센트를 집어삼켰다.

Chapter 10.
물의 정령왕, 이노센트

1.

"바율! 바율!"

누군가 제 몸을 격하게 흔드는 느낌에 바율은 스르르 눈을 떴다.

제일 먼저 그의 눈에 들어찬 건 시리도록 파란 하늘이었다. 그 사이사이로 솜털 같은 하얀 구름이 뭉게뭉게 자리하고 있었다.

"어! 깨어났다!"

"바율! 정신이 들어?"

"대체 뭐가 어떻게 된 거냐?"

"우리가 얼마나 놀랐는지 알아? 이제 기절 안 한다며!"

"도련님, 괜찮으십니까?"

몰아치는 질문에 답은 않고 바율은 그저 멍하게 눈만 슴 벅거렸다.

여전히 가슴이 진정이 되질 않았다.

전대 물의 정령왕을 만났다. 시간이 부족해 그녀와 긴 대 화를 나누지는 못했다. 하나 바율은 제 머릿속에 자리 잡은 새로운 기억들 덕에 그녀가 자신에게 전하고 싶은 바가 무 엇인지 알 수 있었다.

"정말…… 많은 걸 준비해 두셨구나."

새삼 그것을 자각하자 전대 정령왕들이 대단하게 느껴졌 다. 그런 한편으론 왜인지 뭉클한 감정도 들었다.

"얘 뭐라는 거냐?"

"깨어나서 한다는 첫마디가, 뭘 준비해? 똥딴지처럼 그 게 뭔 소리야?"

"정신 든 거 맞아?"

"이렇게 혼잣말하다가 또 기절하는 거 아니겠지?"

"바율, 너 이거 몇 개인지 맞춰 봐!"

깨어난 바율을 보고 안심하던 친구들은 재차 걱정에 빠 졌다. 바율은 그런 친구들이 고마우면서도 내심 귀여워 저 도 모르게 피식 웃고 말았다.

"어라? 이번엔 또 혼자 웃네?"

"갑자기 실없이 웃긴 왜 웃어?"

"너 열 있니?"

라나사가 재빨리 손을 뻗어 바율의 이마를 짚었다. 그러곤 친구들을 돌아보며 고개를 저었다. 말짱하다는 뜻이었다.

"풉!"

그게 또 웃겨서 바율은 웃음이 튀어나왔다.

"기분이 꽤 좋은 모양이네."

쪼그려 앉아 자신을 둘러싸고 있는 친구들의 모습 뒤로 삐딱하게 선 데스가 보였다. 그는 마신답게 제게 일어난 변화에 대해 뭔가 아는 눈치였다.

"그래서, 전대 물의 정령왕을 만난 소감이 어때?"

역시나 그의 첫 질문은 날카로웠다.

"누구를 만나?"

"전대 물의 정령왕?"

"그, 얘네 조상님이 한눈에 보고 반해서 대양의 눈을 알아서 갖다 바쳤다는 바로 그분?"

손가락으로 퀸을 지목하며 묻는 에이단은 진심으로 깜짝 놀란 것 같았다.

"일단 나 좀 일어날게."

해 줄 이야기가 많았다. 바율은 제 말이 끝나기도 전에 기다렸다는 듯 내밀고 있는 퀸의 손을 붙잡고 몸을 일으켰다. 그리고 그제야 그가 누워 있던 곳이 평범한 땅이 아님을 알아차렸다.

"…로콕스?"

사면이 온통 바다였다. 그 바다 위를 로콕스가 등만 내놓은 채 매우 천천히 이동 중이었다.

언제 합류했는지, 꼬리 부근에 있던 퀸의 수하들이 일제히 바율을 향해 깍듯이 묵례했다.

마주 인사하던 바율은 순간 고개를 갸웃거렸다. 비욘을 위시한 퀸의 호위대 틈 사이로 처음 보는 웬 중년의 남성이 하나 있었기 때문이다.

까만 머리칼에 허연 새치가 드문드문 난 남자는 온몸이 결박된 상태였다. 그 옆에 같이 잡혀 있는 자는 퀸의 옛 친구, 세비르였다.

"설마……?"

바율의 시선이 다시금 중년인에게로 옮겨 갔다. 그를 보고 떠오르는 인물은 한 명뿐이었다. 그러나 마지막으로 본 얼굴은 분명 저것과 달랐기에 바율은 놀라지 않을 수 없었다.

"맞아, 네가 짐작하는 그 사람."

그런 바율의 심정을 충분히 이해한다는 듯 퀸이 설명했

다.

"이유는 모르겠지만, 갑자기 저렇게 늙어 버렸네."

과연 중년의 남성은 바율의 예상대로 퀸의 숙부, 바쉐론이었다.

그는 머리만 희끗한 것이 아니었다. 탱탱하던 피부엔 주름이 자글자글해 탄력이라곤 찾아볼 수 없었고, 몸에선 수분기가 다 빠져나간 듯 물의 기운도 전혀 느껴지지 않았다.

탁한 눈빛과 힘없이 축 처진 어깨는 삶을 포기한 것처럼 보이기도 했다.

"그간 태양의 심장에 노출되었던 게 한꺼번에 직방으로 나타난 게 아닐까 싶어."

"데스 말로는 이미 한계점에 다다라 있었는데, 금번 사태로 폭삭 무너진 것 같다던데."

"한마디로 벌을 왕창 받은 거지."

"쌤통 아니냐?"

"요 작은 게 어찌나 무시무시하던지."

생각만으로도 진저리가 난다는 듯, 에이단이 일라이의 손목에 걸린 태양의 심장을 보며 한탄했다.

동그란 진주알 모양을 한 신물은 어느새 일라이가 기존에 착용하고 있던 팔찌의 일부가 되어 대롱대롱 매달려 있었다. 붉은색을 좋아하는 녀석의 액세서리와 검붉은 색의 신물이 참으로 조화롭게 어우러졌다.

"바율, 이제 얼른 얘기해 봐. 이노센트는 어디 간 거야?"

"그 녀석, 정말 물의 정령왕이 된 거 맞아?"

"어? 그걸 너희가 어떻게 알았어?"

"대박! 진짜야?"

"정말로 이노센트가 정령왕이 됐어?"

기이한 공간 속, 일행이 마지막으로 본 건 이노센트가 회오리에 휩쓸리는 장면이었다. 그러곤 돌연 세상이 뒤집히는 듯한 거대한 규모의 해일이 그들을 덮쳤다.

잉그리드가 재빨리 하늘 위로 날아오르지 않았다면 어떻게 되었을지, 상상만으로도 끔찍했다.

그들이 창공으로 몸을 피한 이후에도 대양의 움직임은 심상치 않았다. 하늘에선 엄청난 양의 폭우가 쏟아져 내렸고, 바다는 쉴 새 없이 높은 파도를 만들며 넘실거렸다.

그렇게 얼마쯤 지나 대양이 다시 잠잠해지고 로콕스가 물 위로 모습을 드러냈을 때, 일행은 짜기라도 한 양 동시에 비명을 질렀다. 아닌 게 아니라 로콕스의 등에 바율이 흡사 시체처럼 누워 있었기 때문이다.

그것이 그들이 아는 전부였다.

"근데 왜 안 보여? 여기 다른 정령들은 다 있는데."

바율을 걱정했던 건 친구들만이 아니었다.

웬만해선 모습을 잘 드러내지 않는 셰임이 내내 곁을 지켰고, 스피넬은 허공에 뜬 채 한마디도 않고 뜨거운 불꽃만 연신 태웠다. 템페스타는 도저히 가만히 있기가 힘들었는지 쉴 새 없이 주위를 왔다 갔다 하며 정신 산만하게 굴었다.

그러던 녀석들이거늘, 바율이 눈을 뜨자 언제 그랬냐는 듯 얌전하게 굴고 있었다. 왜인지 이전에 비해 바율과 살짝 거리를 두는 것 같기도 했다. 바율의 달라진 기세가 낯선 까닭이었지만, 그런 것까지는 친구들이 알 리 없었다.

"곧 올 거야. 지금은 한창 바쁘거든."

"바쁘다니?"

"뭘 하는데?"

정령왕이 된 거면 된 거지, 또 뭔 일을 한다는 건지 의아스러웠다.

"설마 벌써부터 막 정령왕이 되면 해야 할 업무 같은 거 처리하고 있는 거냐?"

"아니, 그게 아니라…… 받아들이는 중이야. 전대 물의 정령왕의 기운을 완전히 자기 것으로 만들기 위해."

중급이나 상급이 될 때와는 그 규모 자체가 달랐다. 말로는 무어라 표현할 수 없는, 여태껏 본 적 없는 압도적인 힘이었다. 그걸 오롯이 제 것으로 흡수하기 위해선 이노센트에게도 노력이 필요했다.

"이노센트도 고생이구나…… 아, 그래! 너 그 다프네그란데 님인가? 그분 만났다고 했지?"

"그러게, 근데 예전에 돌아가신 분을 어떻게 만났어?"

"네 몸속에 있다던 기운이 잠시 튀어나온 건가?"

"엘레오스 놈 처리할 때처럼?"

"응, 그런 것 같아."

바율은 이제 때가 되었다며, 이노센트에게 힘을 계승하겠다던 다프네그란데의 말들을 차분히 털어놓았다. 그리고 많은 것들이 그녀의 안배였음을 함께 설명했다.

"내가 태양의 심장에 뛰어드는 순간, 이노센트가 온몸으로 날 감쌌어. 그 충격으로 거의 소멸 직전까지 간 거고."

"그래서 전대 물의 정령왕이 나설 수밖에 없었던 거구나?"

"내 생각은 그래. 이노센트는 이 세계에서 유일한 물의 정령이니까."

바율은 자책감에 빠질 새도 없었다. 그가 자신의 불찰을 후회하기도 전에 몸속에 깃든 정령왕이 먼저 움직였기 때문이다.

"그리고 마침 인어국이어서 가능했던 것도 같아."

아무리 국력이 쇠하였다고는 하나, 바닷속에 자리한 인

어국만큼 물의 기운이 충만한 곳은 없었다. 물의 정령왕이 된 이노센트 때문인지, 아니면 다프네그란데와의 만남 때문인지 바율 역시 내부에 물의 기운이 넘실거리는 게 느껴졌다.

상식적으로 제 몸속에 있던 전대 물의 정령왕의 힘이 이노센트에게 전해졌다면 그만큼 그의 힘은 줄어드는 게 정상일 텐데, 상황은 정반대였다.

바율로서는 나쁠 것 없었지만, 그 이유가 궁금하긴 했다.

"바율, 네게서 이전보다 강한 물의 기운이 느껴져. 너도 알고 있어?"

"물론이야, 퀸. 왜인지는 모르겠지만, 그렇게 됐네."

"진짜? 바율, 너도 더 강해졌다고?"

"어. 그뿐 아니라 불의 기운도 세졌어."

일라이가 눈을 가늘게 뜨고는 바율을 위아래로 훑어 내렸다.

"신물의 힘이 네게도 전달된 것 같아. 고생한 만큼 내가 홀라당 먹으려고 했는데, 바율이랑 스피넬이 뺏어간 셈이라니까!"

"라이, 뺏기는 뭘 뺏냐? 이 자식은 표현을 해도 꼭! 바율이랑 스피넬은 널 도운 거야."

"그걸 누가 몰라? 그냥 농담한 거잖아!"

일라이가 되레 넌 어떻게 농담이랑 진담도 구분하지 못하냐며 에이단을 타박했다.

"아 씨, 나는 몰랐지……."

시선을 피하며 구시렁거리는 에이단을 흘겨보던 일라이가 돌연 이노센트를 거론했다.

"그나저나 난 실감이 안 가네. 그 말썽쟁이 꼬맹이가 진짜 정령왕이 되었다니."

처음 그들 앞에 나타나 물벼락을 뿌리며 깔깔대던 모습을 떠올리자 일라이는 지금도 절로 미간에 균열이 어렸다.

"모습은 어떻게 바뀌었을까? 그래도 제법 어른스러워졌겠지?"

"엄청 예쁠 것 같아! 내 예감이 그래."

"바율, 정령왕이 된 후는 너도 아직 못 본 거지?"

"응."

그저 전과는 비교할 수 없을 정도로 강하고 선명해진 이노센트의 기운만이 읽힐 뿐이었다. 녀석이 어떤 모습을 하고 나타날지 바율도 자못 기대가 되었다.

"근데, 템페스타는 괜찮을까?"

갑자기 에이단이 나지막한 목소리로 바율에게 속삭였다. 그런다고 바람의 정령인 녀석에게 들리지 않을 리 없었지만, 그걸 알면서도 몸이 먼저 그렇게 움직였다.

"전에도 자기만 중급 정령 아니라고 난리 피웠었잖아. 차라리 셰임이나 스피넬이 먼저 되었으면 몰라. 난 언제 저 녀석이 폭발하려나 싶어 두근두근한다고."

그건 다른 친구들도 비슷했다. 이노센트의 성격을 잘 아는 그들로선 녀석이 템페스타 앞에서 어떤 식으로 잘난 척을 해 댈지 눈에 보이듯 훤하게 그려졌다.

"아니, 괜찮을 거야."

하지만 바율은 달랐다. 템페스타가 제멋대로 구는 구석이 있긴 하나, 그래도 상급 정령이 된 후로는 그렇게 막 나가진 않았기 때문이다.

살짝 토라질 수는 있어도 전처럼 일대를 초토화하거나 하는 일은 없을 것이다.

"근데, 우리 지금 어디 가는 거야? 왕성으로 돌아가는 건가?"

"뒤를 봐. 다 왔어."

퀸의 말대로 돌아보니 어느덧 인어국의 왕성이 보였다.

샤를리즈에게 했던 점심 약속은 지키지 못했지만, 아직 하늘에 해가 떠 있었다. 태양의 심장을 무탈하게 회수하고 바쉐론까지 포박해서 돌아왔으니 모든 게 그들의 계획대로 잘 풀린 격이었다.

하지만 왕성의 후편으로 들어서자마자 분위기는 완전히

달라졌다. 특히 퀸의 표정은 싸늘하다 못해 한기가 나올 정도로 차갑게 변했다.

"오빠……."

샤를리즈가 바닥에 엎어진 채 눈물을 흘리며 제 오빠를 바라보았다. 수십 개의 작살이 그런 그녀의 몸을 당장이라도 꿰뚫을 듯 겨누어져 있었다.

그런 샤를리즈는 마치 제 목숨 줄처럼 누군가를 꼭 품에 안고 있었다. 친구들도 처음 보는 앳된 얼굴의 소녀였다.

"……!"

처음엔 미처 알아보지 못했다. 샤를리즈처럼 잔뜩 겁에 질린 소녀의 하반신은 다리 한쪽이 무릎 아래로 잘려 나가고 없었다.

"달리아……."

퀸은 거의 울부짖듯 소녀의 이름을 부르며 뛰어올랐다. 그의 뒤로 수백 개의 물 화살이 함께 날아올랐다.

「왕세자 저하께선 공주 마마들의 목숨이 그리 중요하지 않으신가 봅니다!」

퀸의 물 화살이 벼락처럼 내리꽂히기 직전, 앙칼진 목소리가 장내에 울려 퍼졌다. 그 음성의 주인공은 일행도 익히 아는 이였다.

「자벳!」

인어국의 서쪽 바다를 다스리는 서방위주이자 바쉐론의 여인이라던 그녀. 자벳이 비릿한 웃음을 머금은 채 인어들 사이를 비집고 걸어 나왔다.

「어디 한번 해 보십시오. 누구에게서 먼저 비명이 터질지 저도 몹시 궁금하니까.」

그 말이 끝남과 동시에, 샤를리즈와 달리아를 겨누고 있던 작살의 꼬챙이가 그녀들을 향해 더욱 가까워졌다. 공격을 거두지 않으면 동생들을 해코지하겠다는 협박이었다.

「여기까지가 숙부의 계략입니까?」

퀸은 허공에 잠시 멈춰 세웠던 물 화살을 미련 없이 포기했다. 날카롭게 빛나던 수백 개의 화살이 거짓말처럼 그 형태를 잃고 순식간에 쏟아져 내렸다.

어차피 이깟 것쯤을 만드는 건 그에게 일도 아니었다. 울고 있는 동생들을 보고 잠깐 이성을 잃었던 건 사실이지만, 저들도 잠시 후엔 알게 될 터였다. 자신들이 저지른 짓이 얼마나 쓸모없는 행위였는지를. 이제 더는 제게 협박 따위는 통하지 않음을.

「반응들을 보아하니 아무래도 숙부가 나를 사육장에서 제거하겠노라 선언이라도 했나 보군요. 본격적으로 왕위를 찬탈하겠다고 말이지요. 그렇지 않고서야 서방위주가 이렇게까지 앞뒤 없이 막 나가진 않을 것 아닙니까?」

「인어국은 원래 그분의 것이어야 했습니다! 감히 범접할 수 없는 강인함을 지닌 그분이야말로 진정 왕의 자리에 어울리시는 존재지요. 우리 모두는 그걸 원합니다!」

「아아, 여기 계신 전부가 말입니까?」

마치 확인이라도 하듯 퀸의 서슬 퍼런 시선이 인어들의 얼굴을 하나하나 훑듯이 지나갔다. 그러던 와중, 그가 뜬금없이 물었다.

「그런데, 뭔가 이상하지 않습니까?」

「......?」

「당신들의 계획대로라면 지금 이 자리에 내가 아닌 숙부가 있어야 할 것 같은데요?」

정곡을 찔렸는지 자벳이 눈에 띄게 당황했다. 기실 그녀도 내심 그 부분이 의문스럽던 차였기 때문이다.

하지만 분명 그녀의 연인이자 주군인 그분이 명을 내렸다.

이번에야말로 인어국을 제 것으로 만들 터이니, 돌아왔을 때 아쉬움이 없도록 잘 준비하고 있으라고.

그 외 별다른 말은 없었지만, 자벳은 알아서 착착 일을 진행했다. 제일 먼저 왕을 침실에 감금하고, 그의 딸들을 포박해 태양의 눈을 갖고 돌아올 주군 앞에 제물 삼아 바치고자 마련해 두었다.

왕성에서 일하는 대부분이 그들 편이었기에 별다른 마찰은 없었다. 어차피 현 인어국의 왕은 허수아비에 불과했다. 그나마 반항하는 몇몇은 바로 그 자리에서 꼬리를 잘랐다.

자벳은 그간 눈엣가시 같던 존재인 퀸을 드디어 치워 버릴 날이 왔다는 사실을 실감하고 깊은 고양감에 휩싸였다. 전설의 인간이 있든 말든, 이 모든 계획은 한 치의 틀림도 없이 완성될 거라 자부했다. 사육장에선 기이할 정도로 강해지는 주군이기에 그녀는 정녕 그렇게 될 거라고 믿어 의심치 않았다.

그 믿음의 정도는 가히 대단했다. 그래서인지 그녀는 당황한 지금도 어디선가 주군이 나타나 이 난감한 상황을 타개해 주리라고 철석같이 믿었다.

「로콱스.」

우둔한 믿음을 가진 자에겐 백 마디 말보다 한 번 직접 보는 것이 더 효과가 빠른 법이었다. 퀸은 자벳에게 두 눈을 고정한 채 나지막이 로콱스를 불렀다.

촤아아!

그에 기다렸다는 듯 수면 위로 머리만 드러내고 있던 로콱스가 세찬 파도를 일으키며 꿈틀거렸다. 그러자 녀석의 길고 거대한 몸통의 끝, 꼬리 부분이 물 위로 솟구쳤다.

왕성에 들어서기 전 혹시 모를 만일의 사태를 대비해 바쉐론을 감추어 두었거늘, 이렇게 극적인 방식으로 보이게 될 줄은 퀸조차 예상하지 못했다.

자벳 일당이 갑작스레 등장한 퀸의 호위대를 의심스럽게 바라보던 것도 잠시였다. 그들은 곧 죄인처럼 묶여 있는 세비르, 그리고 낯선 중년인을 발견하고는 흠칫 몸을 떨었다. 개중 몇몇은 중년인의 정체를 알아본 듯 경기를 일으키는 자도 있었다.

「세비르!」

자벳의 음성이 불안하게 떨렸다. 그녀는 중년인에겐 눈길조차 주지 않았다. 상대가 자신이 그토록 애타게 기다리던 이일 거라곤 상상도 하지 못한 채 세비르를 향해 소리쳤다.

「어째서 그 꼴을 하고 너만 돌아온 거지? 설마 그분께 무슨 일이라도 생겼단 말이냐!」

「…….」

「정신 차리고 대답해! 대체 어디에 계신 건지!」

「시력이 그렇게 안 좋은 줄은 몰랐습니다.」

난데없이 시력 타령을 하는 퀸을 자벳이 멍하니 올려다보았다.

「숙부는 아셨습니까?」

퀸이 눈매를 모은 채 힐긋 옆을 쳐다보았다. '숙부'라는 단어를 들은 자벳의 시선이 자연스레 그것을 좇았다. 생기를 잃은 검은 눈과 그녀의 눈이 그대로 마주했다.

「······!」

자벳은 차마 신음도 내뱉지 못했다. 퀸은 그녀의 얼굴에 서서히 경악이 어리는 모습을 만족스러운 기색으로 지켜보았다.

충격이 상당했는지, 자벳은 한동안 석상처럼 굳은 채 미동조차 없었다. 그러다 이내 현실을 부정하듯 고개를 세차게 가로저었다.

「그, 그럴 리 없어······. 이, 이건 말도 안 돼!」

상황이 묘하게 흘러갔다. 바쉐론이 돌아와 마침내 공식적인 인어국의 왕이 될 거라 굳건하게 믿고 있던 무리에게 작금의 사태는 날벼락이나 다름없었다.

반란은 성공하면 온갖 부귀영화가 따르지만, 그런 만큼 실패 시엔 가진 모든 것을 내놓아야 하는 위험이 뒤따랐다. 목숨은 말할 필요도 없다.

인어국 최강의 사나이라 불리던 바쉐론이 한순간에 저리 힘없는 신세로 전락하였다면, 그들에게 남은 길은 두 가지뿐이었다.

죽기 살기로 도망을 치거나, 목숨만은 살려 달라 빌거나.

고민은 길지 않았다. 살기등등한 기세를 내뿜던 반도들이 언제 그랬냐는 양 저마다 무기를 내던지며 바닥에 꿇어 엎드렸다. 도망치는 이들의 등 뒤로는 어느 틈엔가 물 화살이 빠르게 날아가고 있었다.

「죽을죄를 지었사옵니다!」

「저희도 살려고 저지른 짓입니다!」

「제발 굽어살펴 주십시오!」

통곡의 장이었다. 나름 긴장한 채 추이를 살피고 있던 바율과 친구들은 인어들의 한심한 작태에 저도 모르게 혀를 찼다.

"바쉐론이 엄청나긴 했었나 보네."

"이리 쉽게 항복할 줄은 정말 꿈에도 몰랐다……."

"그만큼 저자를 믿었다는 뜻 아니겠어?"

"오랜 세월 독재자로 군림했었으니 이해가 아주 안 가는 건 아니야. 그래도 좀 많이 재수는 없지만."

"퀸의 심정이 어떨지……."

싱거운 결말은 어쩌면 오히려 더 큰 분노로 이어질 수 있었다. 더욱이 조금 전까지 이들은 퀸의 동생들을 인질로 삼았다. 그건 용서를 빈다고 쉽게 해결될 문제가 아니었다.

「세비르……!」

갑자기 자벳이 독기를 드러낸 것은 그때였다. 느닷없이

그녀가 세비르를 노려보며 일갈했다.

「언제고 이런 날이 올 줄 알았지! 네놈의 거짓 충성을 내가 모를 줄 알았더냐?」

차앙!

그녀의 양손에 순식간에 창과 검이 생겨났다.

「기어이 주군을 배신해서 이 사달을 만들어?」

자벳은 이번 일이 실패한 탓을 모두 세비르에게 떠넘길 작정인 듯했다. 증오에 불탄 눈빛으로 씩씩거리던 그녀가 별안간 뛰어올랐다. 한데 그런 그녀가 향한 곳은 세비르가 아닌, 샤를리즈와 달리아가 있는 쪽이었다.

「끝까지 서방위주답군.」

퀸은 냉소하며 손을 한 번 휘저었다. 인어란 족속들이 어찌하여 이리도 대양의 눈을 경시하는지 기가 찼다.

아무리 오랫동안 전설로만 존재했다고는 하나, 무려 태고의 신물이었다. 온전한 신물을 지니고 있는 저를 보고도 이처럼 두려워하지 않는 건, 어쩌면 그간 저를 무시해온 데서 비롯된 것일지도 몰랐다.

"어라?"

"…뭐지?"

퀸이 동생들 주변에 보호막을 펼치려던 참이었다. 서방위주의 공격을 막기 위해서였다.

한데 그것이 먹히지 않았다.

스며들었다고 해야 할까?

흡사 바다에 물을 뿌리기라도 한 것처럼 너무나 자연스럽게 보호막이 사라졌다.

직접 실행한 퀸은 물론 친구들마저 의아한 상황이었다.

그러나 바율과 데스, 그 둘만은 뭔가를 안다는 듯 동시에 두 눈을 반짝였다.

"삐욕!"

그리고 에이단의 정수리에 앉아 있던 잉그리드까지 갑자기 날개를 펄럭이며 반가운 울음을 토했다.

까앙!

「크아악!」

샤를리즈와 달리아를 목표로 삼은 건 그녀들이 약해서이기도 하지만, 무엇보다 조금이라도 퀸에게 복수하고 싶은 욕심에서였다. 거리상 가까웠기에 당연히 해낼 수 있으리란 자신감도 있었다.

어차피 죽을 거, 저승길에 누구라도 함께 데려가자는 심보였다.

그런데 아무것도 없던 허공에 뭔가 나타났다. 보이지 않는 그 무엇으로 인해 자벳은 양쪽 팔에 어마어마한 통증을 느끼며 그대로 바닥에 볼썽사납게 널브러져야만 했다.

이어 일대에 울리는 목소리.

「야, 너! 내가 까불지 말라고 경고했었지? 죽고 싶냐? 정말로 이 세상에서 지워 줄까? 앙?」

지극히 익숙한 말투였으나, 겉모습만은 이전과 달랐다.

샤를리즈와 달리아의 머리 위에 마치 수호신처럼 등장한 아리따운 여인. 그녀는 바로 물의 정령왕으로 승격한 이노센트였다.

"와아!"

"이, 이노센트야!"

일행의 눈을 가장 먼저 사로잡은 건 길이를 가늠하기 어려운 푸른 빛깔의 머리칼이었다. 그것은 움직일 때마다 꼭 파도가 출렁이듯 보이기도 했다.

새하얀 피부에 자그마한 얼굴, 그 안에 자리한 보석같이 맑은 눈동자. 전체적인 외모는 이전보다 조금 성숙해진 정도였지만, 분위기는 절대적으로 달랐다.

마치 거대한 대양을 마주한 듯한 느낌이랄까.

이전과는 비교조차 할 수 없는 청량하고 짙은 물의 기운이 이노센트에게서 흘러나왔다. 놀라운 사실은 그녀의 존재만으로 일대가 정화되고 있다는 점이었다.

로콱스가 몸을 담그고 있는 왕성의 후편을 시작으로, 투명한 불빛이 파도처럼 번져 나갔다. 사육장에 비하면 수질이 훌륭하다고 말할 수 있을 만큼 아름다운 공간이었지만, 어느새 이전보다 더 완벽한 색채를 띠고 있었다.

"헐! 밑이 보여! 바다가 이렇게 투명해질 수도 있는 거야?"

"뭐, 뭐냐……."

오죽하면 해저에 자리한 인어국의 또 다른 왕성이 일행의 시야에도 비쳤다.

분명 이노센트는 아무것도 하지 않았다.

이게 진정한 물의 정령왕의 힘이란 말인가?

오직 등장만으로 이런 극적인 효과를 불러일으키다니. 바율과 친구들에게는 그야말로 이노센트가 다시 보이는 순간이었다.

일행이 이러할진대, 물의 기운에 민감한 인어들이야 말할 것도 없었다. 그들은 본능적으로 이노센트의 정체를 알아차린 것 같았다. 살려 달라 애원하던 음성들이 어느덧 찬사로 바뀌어 있었다. 방금까지의 상황은 전부 잊은 듯했다.

그런 제멋대로의 변화가 이노센트에게 반가울 리 없었다.

"지랄들 하고 있네."

불행인지 다행인지 녀석의 괄괄한 성격은 여전했다. 인내심 또한 부족하긴 마찬가지였다. 서늘하면서도 광폭한 물의 기운이 자벳을 포함한 인어들을 사납게 짓눌렀다.

"퀸을 괴롭히는 놈들은 내가 다 없애 버릴 거야!"

쩌렁쩌렁한 녀석의 목청이 한동안 왕성의 후편에 메아리 쳤다. 고통에 찬 비명은 덤이었다.

"역시……."

"성격은 쉽게 변하는 게 아니야."

반가움도 잠시, 그런 이노센트를 보며 바율과 친구들은 눈을 감았다. 어쩐지 앞으로가 더 걱정되는 순간이었다.

2.

반란을 꿈꾸던 인어국의 역도들은 모조리 옥에 갇혔다. 바쉐론이 왕좌에 오르면 한 자리씩 차지하겠다던 야망으로 똘똘 뭉쳐 있던 이들이, 제대로 힘 한번 써 보지 못한 채 나락으로 떨어진 것이다.

조금이라도 역모에 가담한 흔적이 발견되면 신분의 고하를 막론하고 가차 없이 모두 잡아들였다. 그들의 가족은 물론이고 친인척까지도 예외 불문이었다.

이 모든 일은 왕세자인 퀸의 명 아래에서 일사불란하게 진행되었다. 병상에 누운 아버지를 대신해 나라를 차근차 근 재정비하는 그는 이제 누가 보아도 어리고 나약한 소년이 아니었다.

국가의 보물이었던 대양의 눈을 당당히 찾아온 것으로도 모자라, 그간 독재자로 군림하며 무소불위의 권력을 휘둘렀던 바쉐론을 단숨에 제압했다. 그런 퀸의 능력을 칭송하는 말들이 왕성을 시작으로 전 해역에 빠르게 퍼져 나갔다.

그 뒤엔 인어국 최강의 전사라 불리던 바쉐론이 한순간에 힘을 잃고 폭삭 늙어 버렸다는 믿지 못할 이야기도 전해졌다.

하지만 뭐니 뭐니 해도 가장 놀라운 소식은 새로운 물의 정령왕의 탄생이었다. 그녀의 존재는 굳이 번거롭게 입으로 옮길 필요조차 없었다. 이미 확연히 달라진 바다가 그것을 증명하고 있었기 때문이다.

지금으로부터 수천 년 전 정령계가 멸망했기에 인어들은 '원래'의 상태가 어떠했는지 알지 못했다.

한데 물의 정령왕이 나타난 후로 변화가 생겼다. 그저 바닷속에 몸을 담그고만 있어도 기운이 샘솟는 기분이었다. 태어나서 단 한 번도 느껴 보지 못했던 청량감이 그들을 감쌌다.

실상 이노센트는 아직 본격적으로 시작한 건 아무것도 없었건만, 벌써부터 많은 것들이 변하고 있었다.

"야, 너희들! 전하라고 불러 봐!"

지상에 위치한 인어국의 왕성.

온 바다를 들썩이게 한 화제의 주인공, 물의 정령왕 이노
센트가 턱을 들며 대뜸 요구했다. 그런 그녀의 근처에서는
아직 상급 정령인 스피넬과 셰임, 템페스타가 저마다 인상
을 쓴 채 이노센트를 주시하고 있었다.

"아, 얼른 해 보라니까! 내 말 안 들려?"

"우리가 왜 그래야 하는데?"

쉬이 제 말을 따르지 않는 정령들의 태도에 이노센트가
벌컥 역정을 내자, 스피넬이 팔짱을 끼며 짜증스레 물었다.

기실 그녀는 아까부터 지속적으로 어이를 상실해 가는
중이었다.

"정말 몰라서 물어? 내가 왕이 되었잖아, 왕! 왕이 뭔지
몰라? 왕은 원래 다 그렇게 부르는 거야!"

"그걸 누가 몰라? 하지만 넌 그냥 물의 정령왕이잖아.
여기 우리 셋은 물과는 아무 관련이 없거든?"

"그건 스피넬 말이 맞다. 넌 우리의 왕이 아니다."

"와, 셰임! 나 셰임 그렇게 안 봤는데, 말 진짜 심하게 한
다! 내가 먼저 왕이 돼서 셰임도 배 아픈 거야? 그래?"

"그렇지 않다. 난 네가 정령왕이 된 것을 진심으로 기뻐
하는 중이다."

"핫! 그게 기뻐하는 얼굴이라고?"

이노센트는 마치 말도 안 되는 농담을 듣기라도 한 듯 비아냥거렸다. 평소 부끄럼을 많이 타는 셰임이 본래 무표정한 편이라는 걸 잘 알면서도 굳이 이런 반응을 보이는 걸보면, '전하'라는 소리가 무척이나 듣고 싶은 모양이었다.

"야, 너는 왜 그렇게 조용한 건데? 나한테 뭐 할 말 없어?"

갑자기 화살이 가만히 있던 템페스타에게로 쏠렸다. 며칠 전부터 혼자 뚱하게 있는 꼴이, 꼭 삐친 것 같기도 했다.

"나 쓰러졌을 때는 그렇게 일어나라고 난리, 난리를 피우더니. 그거 다 진심 아니었지?"

"아니거든!"

템페스타가 버럭 하자 실내의 집기와 가구들이 들썩거렸다.

"그땐 진짜 네가 깨어나길 바랐다고!"

"그랬는데 지금은 날 대하는 게 왜 그래?"

"……."

"너도 내가 정령왕이 된 게 배 아픈 거지? 맞지?"

템페스타는 아무런 대꾸도 하지 않았지만, 이미 그 자체로 인정하는 셈이나 마찬가지였다. 그러나 그런 녀석의 속을 조금 더 깊게 파 들어가 보면 실상은 아주 조금 달랐다.

'이러다 또 나만 상급 정령으로 남는 거 아니야? 그건

진짜 싫은데!'

"아무튼, 다들 못됐어! 전하라고 한번 불러 주면 어디가 덧나기라도 하나? 흥!"

이노센트가 다 필요 없다는 양 콧방귀를 뀔 때였다.

"으아아아!"

마침 문을 열고 안으로 들어서던 일행의 눈앞에 난데없이 물벼락이 떨어졌다.

"이노센트!"

바율이 시기적절하게 막아서 다행이었지, 하마터면 전부 홀딱 젖을 뻔했다.

"바율, 미안! 또 힘 조절에 실패했네, 헤헤!"

방금까지 얼굴을 있는 대로 찡그리고 있던 이노센트가 언제 그랬냐는 듯 방긋거리며 바율에게로 날아갔다. 세 정령이 그런 녀석을 잠시 어처구니없다는 듯 바라봤지만, 그런 데 일일이 신경 쓸 그녀가 아니었다.

"이노센트, 우리 다 들었어."

"응? 뭐를?"

천연덕스럽게 반문하는 녀석을 향해 에이단이 음흉한 웃음을 날렸다.

"네가 다른 정령들한테 전하라고 불러 보라고 시킨 거, 다 들었다고."

"…그랬어?"

정령들에게 당당히 요구할 때는 언제고, 이노센트가 은근슬쩍 시선을 회피했다. 어쩐지 조금 창피해하는 것 같기도 했다.

"전하라는 소리가 그렇게 듣고 싶어?"

"그렇다기보다…… 원래 왕은 다 그렇게 부르잖아."

어느새 이노센트의 음색은 조금 시무룩해져 있었다. 그런 녀석을 잠시 말없이 쳐다보던 바율이 소파에 앉더니 제 옆자리를 두드렸다.

"이노센트."

"왜."

"여기 앉아 봐."

정령왕이 되었지만, 이노센트는 여전히 바율을 최우선으로 여겼다. 그녀가 아름다운 긴 머리칼을 흩날리며 얌전히 바율의 곁으로 내려앉았다.

"사실 인어국이 안정되면 그때 얘기하려고 했었는데, 아무래도 지금 말해야겠다."

"뭘?"

"셰임과 스피넬, 템페스타는 모두 이노센트처럼 왕이 될 거야. 그게 언제가 될지는 모르겠지만."

"나도 그건 알아."

"그러니까 녀석들이 네게 전하라고 부르면 안 되겠지? 동등한 사이에서는 그렇게 칭하지 않잖아."

"…그럼 누가 날 전하라고 불러 주는데?"

"그거야 네 수하들이 그리하겠지."

"응? 내 수하?"

귀에 닿을 기세로 하염없이 쳐졌던 이노센트의 눈꼬리가 역으로 치솟았다. 이게 대체 무슨 소리인가 싶은 얼굴이었다.

바율은 그런 녀석을 귀엽다는 듯 바라보며 설명했다.

"정령왕이 되면 정령을 만들 수 있거든. 이노센트는 물의 정령왕이니까, 이제 이노센트로 인해서 새로운 물의 정령이 태어나게 될 거야."

"진짜? 내가 직접 정령을 만든다고?"

생각지도 못한 바율의 발언에 이노센트는 그야말로 완전히 놀란 상태였다.

"상급 정령, 중급 정령, 하급 정령을 다 만들 수 있는 건가?"

"아마 그렇겠지?"

"우와! 그럼 걔들이 나한테 전부 전하라고 부르겠네?"

꿈에 그리던 호칭을 들을 수 있을 거란 상상을 하자 신이 났는지, 이노센트의 입가가 찢어질 듯 벌어졌다.

어지간히도 왕 노릇을 해 보고 싶었던 게 분명했다.

"근데 어떻게 만들어?"

"…어?"

"얼른 가르쳐 줘! 나 빨리 만들어 볼게!"

바율의 당황한 기색을 알아챈 건 둘의 대화를 흥미진진하게 듣고 있던 친구들뿐이었다. 이노센트는 그런 속도 모른 채 당장 부하 백 명을 만들겠다며 의욕에 불타올랐다.

'바율, 너도 모르는 거지?'

끄덕.

라나사의 눈빛 물음에 바율은 멋쩍게 웃으며 고개를 끄덕였다. 솔직히 정령을 만드는 방법 같은 건 정령왕인 이노센트가 알아서 할 거라고 생각했다.

정령왕은 녀석이지, 자신이 아니질 않은가.

이런 건 전대 물의 정령왕, 다프네그란데도 가르쳐 주지 않았다.

"바율! 난 준비 됐어!"

똑똑.

갑자기 노크 소리가 들린 것은 이노센트의 재촉에 바율이 남모르게 식은땀을 흘릴 때였다.

"잠깐 들어가도 될까?"

바율이 반색하는 순간, 문을 열고 들어선 이는 다름 아닌 퀸이었다. 요즘 식사도 같이하지 못할 정도로 바쁜 나날을 보내던 그가 웬일로 대낮에 친구들을 만나러 왔다.

"퀸!"

"당연히 들어와도 되지! 넌 뭘 그런 걸 새삼스레 묻고 그러냐?"

"공사가 다망하신 분께서 여긴 어쩐 일인데?"

"급한 일은 이제 다 처리한 거야?"

친구들이 저마다의 방식으로 퀸을 환영하는데, 손님이 더 있었다.

"샤를!"

"달리아……."

퀸의 뒤에서 두 소녀가 걸어 나왔다. 녀석의 동생인 샤를리즈와 달리아였다.

수줍은 얼굴로 언니의 부축을 받으며 퀸의 막냇동생 달리아가 친구들을 만나러 온 것이다. 그녀는 발목까지 내려오는 긴 드레스를 입고 있었다.

며칠 전, 왕성의 후편에서 그녀를 처음 보았을 때 일행은 깜짝 놀랐다. 한쪽 무릎 밑이 없을 거라곤 생각조차 하지 못했기 때문이다.

후에 샤를리즈가 설명하기를, 어린 시절에 있었던 일로 다리를 잃었다고 하였다. 친구들은 그 사고가 퀸의 어머니의 죽음과 관련이 있음을 어렵지 않게 짐작할 수 있었다.

그리고 퀸이 막냇동생을 이야기할 때 어째서 그토록 슬픈 표정을 지었던 것인지 비로소 깨달았다.

인간형의 모습일 때 다리가 없다는 건, 인어로서는 꼬리가 없다는 뜻이었다.

인어에게 가장 소중하다는 꼬리를 잃은 퀸의 동생, 달리아. 예상치 못한 그녀의 방문에 친구들은 후닥닥 몸을 일으키며 어색한 웃음을 남발했다.

"이야! 넌 누구야?"

그때 갑자기 이노센트가 달리아를 향해 스윽 날아왔다. 조금 전까지 정령들을 만들겠단 각오에 푹 빠져 있던 녀석이거늘, 그런 건 금세 다 잊었는지 난데없이 달리아에게 관심을 가졌다.

"너처럼 순수한 기운은 처음 느껴."

이노센트는 무척 신기하다는 듯 달리아의 주변을 계속 얼쩡거렸다. 크고 작은 물방울들이 그 주위를 함께 날아다녔다.

"이름이 뭐냐니까?"

"다, 달리아라고 해요."

달리아는 잔뜩 겁을 먹은 채 겨우 대답했다. 기껏 용기를 내어 오빠의 친구들에게 감사함을 전하러 온 것인데, 물의 정령왕이 제게 왜 이러나 싶은 기색이었다.

꼬리를 잃은 후로 실내에만 틀어박혀 죽은 듯이 지낸 탓에 달리아는 제 오빠랑 언니와는 달리 매우 소극적으로 자랐다.

이노센트는 분명 호감을 보이는 것이었지만, 그마저 달리아에겐 부담이었다.

"참 예쁜 아이구나."

이노센트의 뜬금없는 칭찬에 바율과 친구들은 이게 뭔 상황이냐며 서로를 돌아보았다. 그들이 아는 한 이노센트는 이런 식으로 누군가를 칭찬하는 녀석이 아니었기 때문이다.

'정령왕이 되더니 조금은 철이 든 건가?'

'저 말투, 뭔데?'

'나 지금 닭살 돋음.'

'방금 진짜 정령왕 같았어!'

"근데, 누가 이런 몹쓸 짓을 한 거야? 전에 본 그년인가?"

친구들의 심정을 아는지 모르는지, 별안간 이노센트가 눈살을 와락 찌푸렸다. 그러더니 대뜸 달리아를 안으며 속삭였다.

"이젠 아프지 않을 거야."

그 말이 끝남과 동시에 실내가 환한 빛으로 가득 찼다. 아니, 빛이 아니라 물이었다. 수천, 수만 개의 투명한 물방울이 허공을 수놓는가 싶더니 그것들이 전부 달리아에게, 정확하게는 그녀의 다친 다리로 향했다.

"허억!"

달리아는 본능적으로 비명을 질렀다. 아파서가 아니었다. 그저 이 상황이 낯설고 두려워서였다.

하지만 잠시 후, 달리아는 기이함을 느끼며 드레스 자락을 제 손으로 끌어올렸다. 그런 그녀의 동공이 지진이라도 난 듯 흔들렸다.

「이, 이게 어떻게……!」

마치 처음부터 존재하고 있었다는 양, 가늘고 하얀 두 다리가 꼿꼿하게 서 있었다.

바야흐로 물의 정령왕의 고유 능력인 치유력이 첫 번째로 발휘되는 순간이었다.

〈다음 권에 계속〉